007
REKI KAWAHARA abec bee-pee
SWORD ART ONLINE
mother's rosario
SAO SWORD ART ONLINE

『……啊啊，原來如此……』
亞絲娜 § 桐人的女友。在「ALO」內是水精靈魔法師。
「西莉卡之所以會想睡覺，應該是因為那個害的唷──」
莉法 § 桐人的妹妹。本名是直葉。以風精靈魔法戰士的身分活躍於「ALO」。

『…………………唔唔……………』
桐人§ 將眾多玩家從死亡遊戲「SAO」裡拯救出來的「黑色劍士」。本名是桐谷和人。在「ALO」裡操縱守衛精靈。
「嗚……嗚嗚……好想睡。」
西莉卡§ 於「SAO」裡被桐人所救的少女。在「ALO」內是擅長馴獸的貓妖族精靈。
「看見那種模樣總是會讓人想睡覺……
說不定這就是守衛精靈擅長使用的
幻惑魔法呢——」
莉茲貝特§ 在「SAO」裡幫桐人鑄劍的少女。身為小矮妖族的她在「ALO」當中經營武器店。

「好啊，只要對方是配得上妳的
優秀青年就可以。那種男孩──
那種設施裡面的學生可不包含在內啊！」
結城京子§
明日奈的母親。大學教授。對自己小孩的教育相當嚴格。準備讓與和人念同一所學校的明日奈轉學。
「……難道……妳調查了……
他的事情……？」
明日奈§
知名電子儀器製造商「RECT」CEO結城彰三的女兒。過去因為玩了哥哥．浩一郎購買的VRMMO「SAO」而被囚禁在遊戲當中。

提奇 § 大地精靈族的男性。
「……如何？
願意接受我們
『沉睡騎士』的委託嗎？」
——朱涅 § 由「絕劍」擔任會長的公會
「沉睡騎士」的成員。
是一名水精靈族的女性。
達爾肯 § 小矮妖族的青年。
阿淳 § 火精靈族的青年。
小紀 § 守衛精靈族的女性。

「我在想……真的需要我加入嗎？
你們好像根本不用我幫忙
也沒有關係嘛……」

「馬上就到了！加油吧，亞絲娜！」
有紀§
因那充滿威脅性的劍技而被稱為「絕劍」的神秘玩家。
與亞絲娜對戰之後，邀請她加入自己的公會。

OSS

正式名稱是
「Original Sword Skill」。
這是將目前已經消失的舊Sword Art Online的「劍技」系統改良之後，實際安裝於「ALfheim Online」上，由各系統武器所施展的「技能」系統。為原本以遠距離攻擊技能「魔法」為主的「ALO」帶來了重大變革。

與舊「SAO」的「劍技」不同之處在於，它並非所有動作皆為系統事先設定的既定劍技，而是由玩家自創招數並且加以登錄。但是要將OSS登錄在系統上，就必須克服「使出在沒有系統輔助的情況下應該無法達成的連續技」這種可以說十分矛盾的嚴格條件，而能夠做到這一點的玩家則非常稀少。

OSS系統又被稱為「劍技傳承」系統。成功創造出OSS的玩家本身，可以複製出劍技的「秘笈」來傳授給其他玩家，所以開發十分困難的OSS，尤其是超過五連擊以上的必殺技「秘笈」，逐漸變成現今ALO世界裡最昂貴的道具。

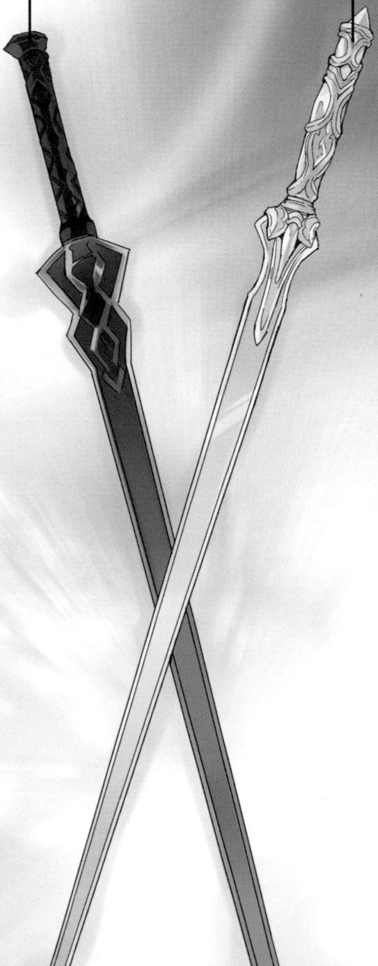

「這雖然是遊戲，
但可不是鬧著玩的。」

——「SAO刀劍神域」設計者·茅場晶彥——

SWORD ART ONLINE
mother's rosario

reki kawahara

abec

bee-pee

007

「——亞絲娜，妳聽說過『絕劍』的事了嗎？」

聽見莉茲貝特的聲音後，亞絲娜便停下敲擊全息圖鍵盤的手，抬起頭來。

「背號？要舉行運動會嗎？」（註：日語中「絕劍」的發音與「背號」相同）

「不是啦。」

莉茲貝特笑著搖頭，拿起桌上冒熱氣的馬克杯喝了一口後繼續說：

「那不是外來語而是漢字。寫成絕對的絕和刀劍的劍，合起來就是『絕劍』。」

「絕……劍。是新上線的稀有寶物嗎？」

「不不不，是人的名字，應該說是綽號……還是通稱呢？我也不知道她的角色名稱就是了。總之因為太強了，所以有人開始這麼叫她，最後絕劍就成為她的稱號。我想應該是絕對無敵的劍，或者是空前絕後的劍……這樣的意思吧。」

聽到對方很強，令亞絲娜的好奇心稍微受了點刺激。

畢竟她原本就是個劍術高手。目前身為「ALfheim Online」玩家的亞絲娜雖然選擇了以擔任後衛、詠唱魔法為主要任務的水精靈族，但過去身為劍士的血液仍舊不時蠢動，使她經常忍不住拔出腰間細劍闖進敵陣裡衝殺一番。而這種行為，也讓她得到了「狂暴補師」這種與優雅完全沾不上邊的討厭綽號。

亞斯娜積極參加每個月舉行的比武大會，也習慣了ＡＬＯ的三次元戰鬥，因此已是足以與火精靈族的尤金將軍以及風精靈族的朔夜領主等強者相提並論的高手，一聽見有新強者出現，當然也就無法置之不理。

將寫到一半的生物學報告存檔並消除全息圖鍵盤之後，亞絲娜便拿起自己的馬克杯，接著用指尖點了一下讓熱茶注滿杯子，最後在從地板直接長出來的樹木椅子上重新坐好，準備聆聽莉茲貝特講述絕劍的事情。

「那麼……那個絕劍是什麼樣的人呢？」

「這個嘛……」

1

新生艾恩葛朗特第22層的大片濃密森林，這時已完全被白雪覆蓋。

外面的現實世界雖然正值一月初旬的寒冬，但近年來因為暖化現象不斷加劇，東京的氣溫已經鮮少低於零度。

然而營運公司不知道是不是太有服務精神，目前精靈國度阿爾普海姆裡正持續著足以稱為嚴寒的氣候。大陸中央的「世界樹」以北，原野上的體感溫度時常低到零下十度、二十度，如果沒有防寒裝備或者耐寒咒文的支援，根本就難以在空中飛行。飛行中的艾恩葛朗特正經過世界最北邊的大地精靈領地，所以各層迷宮就連白晝期間也是一片大雪紛飛的酷寒。

話雖如此，這股足以讓小河流底部結凍的寒氣，依然無法穿透厚重圓木牆壁與熾熱暖爐所形成的障壁。

ALfheim Online進行史上最大規模的改版，讓新地圖「浮遊城艾恩葛朗特」實際上線，是八個月前——二○二五年五月的事。

ＡＬＯ原本就是複製自死亡遊戲「Sword Art Online」系統而運作的遊戲，所以伺服器裡當然也保存有艾恩葛朗特的完整檔案。由ＡＬＯ之前的營運企業「RECT PROGRESS」手裡將軟、硬體全部買下來的新企業不但沒有將艾恩葛朗特以及舊ＳＡＯ玩家們的角色檔案刪除，反而採取將其與ＡＬＯ整合的大膽方針。

這當然也是希望藉著衝擊性的升級改版，來填補RECT PROGRESS的人體實驗犯罪曝光之後激減的玩家人數。但原因絕對不僅是如此而已。投資新營運體的經營者們，全部都是從２Ｄ時代便開始玩ＭＭＯ的骨灰級玩家，他們實在沒辦法狠下心來將連細部都設計得極為精緻的浮遊城刪除——這是亞絲娜從與營運公司有聯繫的艾基爾那裡聽來的消息。

自從艾恩葛朗特出於種種原因而再生之後，亞絲娜便暗自在心裡訂下了一個目標，並且以水精靈治療師兼細劍士的身分持續進行遊戲。

而這個目標當然就是死命的儲存珂爾，不對，應該說是尤魯特貨幣，然後比任何人都早到達第22層，購買蓋在針葉林深處的圓木房屋。在遙遠過去的另一座浮遊城裡，她曾經在那兒度過了快樂、甜蜜又讓人不捨的短短兩星期。

去年五月改版後開放了1到10層。九月則是開放11層到20層。到了聖誕夜——也就是十二月二十四日晚上，迷宮區最上層通往21層的大門終於打開了。與桐人、克萊因、莉茲貝特、西莉卡以及莉法組成七人小隊的亞絲娜，在慶祝開放的喇叭聲響起時就已衝上階梯。

第22層是幾乎只有森林的荒涼樓層，而主街道裡也設置了不少玩家小屋，應該沒有其他玩家會來搶這間屋子才對。即使如此，亞絲娜還是有如疾風般衝過第21層原野，直接與其他攻略隊伍共同挑戰迷宮區的魔王。雖然亞絲娜的能力構成有一半是治療師，但她還是在將近五十人的集團前方奮力揮舞細劍，之後克萊因甚至說「她當時的模樣，比從前擔任『血盟騎士團』副團長時還要恐怖」。

最後亞絲娜親手了結第21層的魔王並一腳把牠的屍首踢開，接著馬上來到蓋在第22層邊緣的圓木小屋前。當按下購買視窗裡的ＯＫ鈕之後，亞絲娜整個人便流著淚軟倒在地——當天晚上派對結束後，朋友們先後告辭，而她在和桐人及恢復原本少女模樣的「女兒」結衣三人舉杯慶祝時又大哭了一場。當然這件事其他朋友們都無從得知。

說到為何會如此執著這間圓木小屋，其實亞絲娜本人也很難解釋清楚。雖然理由似乎相當簡單——當時在假想世界裡，她與首次真心喜歡上的男孩子歷經千辛萬苦後好不容易才能在一起，而此處正是兩人曾共度短暫幸福時日之地。不過亞絲娜心裡又覺得或許不只是這樣。

對於老是在現實世界裡尋找歸宿的亞絲娜來說，這間房子或許就是她費盡千辛萬苦才找到的「家」吧。這兒是他們這對比翼鳥可以收起翅膀、和身棲息共眠的溫暖場所，也是他們心靈的歸屬地。

只不過，當辛苦獲得這間小屋之後，這裡已經成了夥伴們聚會的地點，幾乎每天都會有人來訪。亞絲娜費盡心思所裝潢的房間，似乎有讓人特地飛行到這裡來休息的魅力，除了ＳＡＯ

時期的夥伴之外，就連ＡＬＯ裡新認識的朋友們也常到這裡來品嚐亞絲娜親手做的料理——有一次在非常不湊巧的情況下，風精靈領主朔夜與火精靈將軍尤金同席而坐，當時餐桌上的氣氛可說是劍拔弩張。

今天——二〇二六年一月六日也跟往常一樣，森林小屋大廳裡那個由地板上「長出來」的盆栽型桌子前，擠滿了桐人與亞絲娜相當熟悉的同伴們。

亞絲娜右邊是長著貓妖族特有三角耳的馴獸師西莉卡。她瞪著在全息圖視窗上的寒假作業數學習題，口中發出嗚嗚的低吟聲；而左邊那將黃綠色頭髮綁成馬尾的風精靈魔法戰士莉法，也同樣繃起臉看著一大篇英文文章。

至於坐在對面的小矮妖族武器工匠莉茲貝特，則是悠閒地翹著腳躺在椅子上。她一隻手上拿著木莓利口酒，埋首於遊戲裡販賣的小說中。

現實世界的時間大概是下午四點左右，然而在晝夜與現實不同的阿爾普海姆裡太陽早已西下，油燈的光芒只能照出窗外持續落下的白雪。即使沒有外面傳來的些微風聲提醒，也能知道屋外是一片冰天雪地，只不過房間深處的壁爐裡柴火正燒得熾烈，而煮著香菇濃湯的大鍋子裡也不斷冒著熱氣，讓屋裡眾人同時遭受暖氣與香氣的刺激。

亞絲娜也跟朋友們相同，一邊看著浮在周圍的外部網路視窗，一邊順利寫著寒假作業報告。

雖然母親對於亞絲娜將能在現實世界裡完成的作業拿到ＶＲ世界做這點不太高興，但在虛擬世界裡頭，進行長時間的文件輸入明顯比較有效率——除了眼睛與手腕都不會疲倦之外，還能把大量資料視窗配置在容易看見的位置上，光靠自己房間那台平板螢幕的UXGA解析度是辦不到的。

其實亞絲娜也曾經這麼跟母親提過，並且建議她試試看輸入文章專用的完全潛行型應用程式，但不到幾分鐘母親便表示「會頭暈」而立刻登出，此後再也不看這些儀器一眼。

完全潛行確實有可能造成暈眩，但對過去曾在假想世界裡「生活」了兩年的亞絲娜來說，早已經完全想不起來那是什麼樣的感覺了。她兩手手指精確而飛快地按著鍵盤，而文書處理軟體顯示出來的報告也即將進入完成階段——

就在這時，忽然有個東西落在她的右肩上。

一看之下，原來是西莉卡把頭靠在亞絲娜肩膀上。她那對大大的三角形耳朵不停抖動，一臉幸福地睡著了。

亞絲娜不由得露出微笑，悄悄用左手食指搔西莉卡的貓耳。

「喂，西莉卡。現在睡著的話，晚上又會失眠了唷～」

「嗯嗯……嗯嗯……」

「寒假只剩下三天就要結束了。得快點把寒假作業寫完啊。」

最後亞絲娜用力拉西莉卡的耳朵，這個貓女孩才抖了一下並清醒過來。她一臉呆滯地眨眨眼睛，然後搖了搖頭朝亞絲娜看去。

「嗚……嗚嗚……好想睡。」

她輕聲咕噥，隨即張大嘴巴露出小白牙打了個呵欠。亞絲娜認識的貓妖族來到這間屋子裡都會想睡覺，讓她懷疑這會不會是那個種族的特質。

當西莉卡盯著眼前的全息圖視窗看時，亞絲娜對著她說：

「這一頁馬上就要結束了，不是嗎？加油，把它看完吧！」

「呼……呼哈……」

「這間房子是不是太暖和了？還是我把溫度降低吧？」

一問之下，坐在左手邊的莉法便笑著回答：

「不是啦，應該是因為那個害的唷～」

「那個……？」

亞絲娜轉頭看向莉法。風精靈少女搖晃著馬尾，用手指向設置在東邊牆上的壁爐。

「……啊啊，原來如此……」

亞絲娜才往那邊看了一眼，馬上就點頭贊同莉法的意見。

一張擦得晶亮的搖椅，就放在熊熊燃燒的暖爐前。

皮膚略黑且一頭黑色短髮的「守衛精靈」少年整個人陷在椅子裡，以在船上打盹般的姿勢睡著了。過去怒髮衝冠的短髮雖然經由設定而放了下來，但那張尖銳且帶點淘氣的臉孔與過去完全相同。不用說，他當然就是桐人了。

桐人肚子上有一隻水藍色羽毛的小龍蜷曲著身子，尾巴像要戳中軟綿綿的頭部般舒服地沉睡著。牠是馴獸師西莉卡打從ＳＡＯ時期就在一起的搭檔，小龍「畢娜」。

此外，一隻體型更小的妖精就這樣把畢娜包覆有軟毛的身體當成了床，露出天真無邪的睡臉躺在上面。這個一頭光亮黑直髮且身穿粉紅洋裝的少女，正是桐人專用的「導航妖精」，同時也是亞絲娜與桐人的「女兒」——由舊ＳＡＯ伺服器裡誕生的人工智能「結衣」。

桐人、畢娜與結衣在搖椅上疊羅漢般的幸福睡姿，放射出一種近似於咒文的催眠效果，亞絲娜才看了幾秒鐘便感到自己的眼皮變得沉重。

桐人本身就是個嗜睡的人。簡直就像ＳＡＯ時代經常不惜犧牲睡眠而全力攻略遊戲的他，現在得補足過去積欠的睡眠時間一樣。在這間屋子裡時，只要亞絲娜一個不注意，他馬上就會倒在這張心愛的椅子上呼呼大睡。

而亞絲娜也知道，桐人在搖椅上的睡姿可以說是最佳的搖籃曲。

過去在艾恩葛朗特生活時，無論是在艾基爾商店的二樓或是森林小屋的門口，只要看見桐人睡在搖椅上，亞絲娜就一定會鑽到他身邊，與他共享一段溫暖的睡眠時光。換言之，正因為亞絲娜自己也有這種經驗，所以完全能理解為什麼西莉卡和莉法會這麼想睡。

不可思議的是，小龍畢娜應該只是由簡單系統規則所驅動的虛擬生物才對，為什麼連牠都會在看到桐人睡覺時，從主人西莉卡的肩上飛到桐人身上蜷成一團呢？

這實在讓人懷疑睡著的桐人身上是否會散發出某種「催眠參數」。到剛才為止，亞絲娜的腦袋與雙手還全力運轉於報告上面，然而不知不覺間她便感覺身體有些飄飄然……

「拜託，怎麼連亞絲娜自己也睡著了！啊，連莉茲也……」

西莉卡搖晃肩膀之後，亞絲娜才急忙抬起頭來。

同時，正面的莉茲貝特也撐起身體，眨了幾下眼睛後不好意思地笑了起來。她搖晃著屬於小矮妖族的特徵——發出金屬光澤的淡粉紅色頭髮，嘴裡還嘟囔著藉口：

「看見那個總是會讓人想睡覺……說不定這就是守衛精靈擅長使用的幻惑魔法呢……」

「呵呵，怎麼可能。我來泡杯茶讓大家提神吧。剛好也可以休息一下。」

亞絲娜站起身來，從背後的架子上拿出了四只茶杯。這是她最近解任務時得到的獎勵——只要輕拍一下就會隨機湧出九十九種不同口味茶飲的魔法馬克杯。

把杯子與茶點水果塔放在桌上後，包含一看到這些東西馬上睡意全消的西莉卡在內，四個人立刻各自喝下口味不同的溫熱液體。

「話說回來……」

就在這時，莉茲貝特彷彿想起什麼事情般開口說道：

「——亞絲娜，妳聽說過『絕劍』的事了嗎？」

「差不多去年底今年初的時候開始出現謠言……大概是一個禮拜前左右吧？」

說著，莉茲貝特便恍然大悟地點頭並看著亞絲娜。

「對了，亞絲娜當然不可能知道。妳年底一直待在京都對吧。」

「真是的，在這裡時別讓我想起那些不愉快的事情嘛。」

亞絲娜繃著一張臉，而莉茲則是張開嘴巴哈哈大笑起來。

「哎呀～有錢人家的大小姐還真是辛苦啊。」

「真的很累人耶。一整天都得穿和服正坐著跟人打招呼，連晚上想偷偷潛行也因為入住的別館到了這年頭還沒有無線網路而無法如願。害我特地帶去的AmuSphere完全派不上用場。」

少女抱怨完後嘆了口氣，接著大口把茶喝完。

亞絲娜／明日奈去年底在半強迫的情形下，與雙親及哥哥一起回到京都的結城本家，也就是父親的老家去。在明日奈長達兩年的「住院」期間裡，所有親戚都相當擔心她，因此當她聽見雙親要自己去那兒向大家道謝時，也就沒辦法推辭了。

在孩提時代，明日奈一直覺得在老家過年是相當理所當然的事，而她也很期待能和同年紀的堂兄弟姊妹們見面。

但是到了上國中的年紀，明日奈逐漸覺得這項例行公事讓人有種窒息感。

結城家族從兩百多年前就在京都經營兌幣所，即使經過維新與戰爭的動亂，也依然努力生存下來，目前經營著在關西一帶設有分行的地方銀行。明日奈的父親結城彰三之所以能靠一己之力讓「ＲＣＴ」成長為綜合電子儀器製造商，其實也是靠著老家豐厚的資金幫忙才能成功。光是整個家族裡面，就不知道出了多少個老闆與政府官員了呢。

而堂兄弟姊妹們，也個個像明日奈以及她哥哥一樣是「明星學校」的「模範生」，在宴席上頭，坐在乖巧孩子身邊的家長們便會互相說著自己的孩子又在什麼大會裡得獎了，或者是在全國模擬考裡得到第幾名等話題。表面上看起來相當平穩，但說穿了也只是不斷地應酬而已。籠罩在自己周圍的空氣實在令人難受，因此對於亞絲娜來說，回老家過年不過是重新為小孩子們決定排名的作業流程罷了。

二〇二二年十一月，國中三年級的明日奈被囚禁在ＳＡＯ裡；二〇二五年一月，也就是正好一年前她被桐人救了出來。所以，這是她睽違了四年之後才又回到老家與親戚們見面。在本家那京都風格茶室建築的廣大房屋裡，明日奈被迫穿上和服，像個接客ＮＰＣ般不斷對著包括祖父母在內的眾多親戚打招呼。

即使如此，能和久違的堂兄弟姊妹們見面，依然很令人高興。只不過，明日奈還是在他們替自己平安回來感到高興的眼神裡，發現一些令人不舒服的感情。

大家對她露出憐憫的眼神。他們都同情並可憐明日奈，這麼快就由這場打從一出生就持續到現在的比賽裡落敗。這絕對不是明日奈的多慮。從孩提時代起就懂得察言觀色的她，馬上就能夠了解到這一點。

當然，現在的明日奈與以前的自己已經完全不同了。那個世界以及一名少年，讓明日奈浴火重生。因此，堂兄弟姊妹們以及眾多叔伯父母們的憐憫，也不過是陣輕拂過她內心表面的微風而已。自己是名不折不扣的「劍士」，是個靠自己力量戰鬥的人；就算那個世界已經消失，這個信念依然支撐著明日奈的心靈。

但是，堂兄弟姊妹們應該無法理解這種價值觀，他們只會認為這是ＶＲＭＭＯ在明日奈身上殘留的遺毒吧。在本家過年的這段期間裡，看起來一直不怎麼高興的母親想必也這麼認為。

考上好大學然後到大公司上班——明日奈已經完全沒有這種強迫觀念。她喜歡目前就讀的學校，也決定利用剩下來的一年在這裡慢慢找出自己真正想做的事情。當然，她的最終目標是在現實世界裡也與小自己一歲的男孩子共組家庭。

——明日奈一邊這麼想著，一邊不斷巧妙閃躲過親戚們的各種詢問。但最令她受不了的，還是在回東京前那天晚上，和一個大自己兩歲、算是遠房親戚的大學生單獨待在本館深處的房間裡這件事。

這名不知道是本家銀行董事還是什麼要人之子的男性，只是不停地說著自己念的科系、將來決定做什麼工作、在銀行裡將擔任什麼樣的職位以及如何才能出人頭地等等，而明日奈也只能不斷露出笑容表現出相當佩服的模樣。而讓她覺得不舒服的地方，就在於周圍眾人一直想裝得不是故意要讓他們兩人獨處，反而表現出大人們心機算盡的明顯企圖……

「喂，亞絲娜，妳有沒有在聽啊？」

莉茲貝特用桌子下的腳尖戳了一下亞絲娜，她這才從回憶當中醒了過來。

「啊，抱、抱歉。剛剛想起一些讓人不愉快的事情。」

「什麼事？難道妳在京都被迫跟人相親？」

「…………」

「……妳的笑容怎麼像在抽筋一樣……難道說……」

「沒事沒事，妳別胡思亂想！」

亞絲娜用力搖了搖頭。她用手指輕敲了一下空馬克杯的邊緣之後，一口氣將湧出的可疑紫色液體灌進喉嚨裡。接著水精靈少女恢復原本的表情，強行將話題拉了回來。

「那麼……妳說很強的那個人……是專門ＰＫ的嗎？」

「不是，那個人只接受決鬥。24層的主要街道區稍微北邊一點，不是有個長了棵大樹的觀光小島嗎？那名玩家每天下午三點會出現在樹下，跟每個希望一決勝負的玩家對戰。」

「這樣啊……那個人有參加過大會嗎？」

「沒有，似乎是個新面孔喔。不過那人的能力值相當高，可能是從其他遊戲轉移過來的吧。一開始對方是在『ＭＭＯtomorrow』的留言板上刊登徵求挑戰者的訊息。結果大約有三十個傢伙決定要給這個大言不慚的ＡＬＯ新手一點顏色瞧瞧而跑去……」

「都被打敗了？」

「全部都被對方輕鬆幹掉了。沒有任何挑戰者能削減那人三成的ＨＰ，由這一點就可以知道那個玩家有多厲害了。」

「實在有點難以置信……」

嘴裡嚼著水果塔的西莉卡也插嘴：

「我光是要習慣空中戰就花了半年左右呢。可是，那個人才剛轉移過來居然就能做出那種飛行動作！」

所謂的「轉移」，就是包含ＡＬＯ在內，所有在「The seed」平台上的ＶＲＭＭＯ遊戲角色都可以互相移動的系統。雖然移動的角色能在保持差不多「強度」的狀況下轉移到其他遊戲裡，但金錢與道具卻無法移動，當然遊戲直覺等玩家技能幾乎也都得重新培養才行。

「西莉卡也和那個人對戰過了嗎？」

亞絲娜一問之下，西莉卡便瞪大了眼睛拚命搖頭。

「怎麼可能！光是在旁邊觀戰，我就知道絕對贏不了。不過莉茲和莉法看了之後還是決定和那人交手。真是充滿挑戰精神耶。」

「吵死了。」

「凡事都要經驗啊。」

亞絲娜笑著聽莉茲和莉法嘟嘴抱怨，同時內心暗暗感到驚訝。

種族不適合戰鬥又以冶鍊技能為優先的莉茲也就算了，但連風精靈裡的空戰專家莉法都不是對手，那麼該名玩家的實力確實不容小覷。而且對方才剛轉移來ＡＬＯ，這更是空前奇聞。

「看樣子真的很厲害。嗯……我也有點興奮起來了。」

「呵呵，我就知道亞絲娜會這麼說。在每月大賽裡排行前幾名的，就只剩朔夜和尤金這種領主和將軍等級的玩家還沒挑戰過而已。但依他們的身分也很難參加這種路邊決鬥吧。」

「不過，如果對方真這麼厲害的話，現在應該已經沒什麼人想挑戰了才對啊？這與一般的大會活動不同，在決鬥裡死亡會扣不少經驗值對吧？」

「但實際上並不是這樣。因為賭的東西實在吸引人了。」

西莉卡再度出聲。

「咦？難道對方拿出某種稀有道具當成賭注嗎？」

「不是道具。賭注可是『原創劍技』啊。而且是非常強，屬於必殺技等級的技巧。」

亞絲娜不由得有種想模仿桐人聳肩然後吹聲口哨的衝動，但最後還是忍耐了下來。

「OSS嗎……什麼系的？幾連擊？」

「呃……看起來應該是單手劍泛用系的吧。嚇人的是竟然有十一連擊唷。」

「十一連擊！」

亞絲娜這次終於反射性地驚叫出聲。

若提到目前已經消失的舊SAO，就一定無法忽略其最具代表性的遊戲系統「劍技」。各系統的武器都有不同設定的「技能」，內容除了一擊必殺的單發攻擊之外，還有宛如疾風怒濤的連續攻擊。與普通攻擊不同之處在於，只要做出起手勢，接下來系統便會支援玩家以最快速度完成所有動作。而攻擊當中更會附加華麗的聲光效果，讓玩家有種變身為超級戰士的爽快感。

當艾恩葛朗特成為改版升級的主軸時，新營運公司也做出了把劍技系統完全轉移過來的大膽決定。

換言之，新生ALO的戰鬥系統將會因此而產生革命性的改變。這當然在舊玩家之間造成了相當大的議論，然而原本反對的玩家一旦嘗試過劍技之後，也全都迷上了那種快感。

開放劍技之前的ALO裡，只有魔法技能才能產生華麗的聲光效果，在射程以及命中率等性能方面也都是魔法佔優勢，讓人配點時很難只以物理攻擊為主，劍技出現之後反倒讓魔法與物理攻擊之間取得了平衡。即使改版更新已過了半年，在許多玩家社群網站上依然能看見許多關於「空中機動」+「劍技」這種新戰鬥體系的報告與討論。

但是充滿冒險精神的新營運者們認為，單純只是把前人留下來的遺產搬過來使用，並不是一件好事。

他們開發並導入的新要素，就是「Original Sword Skill」系統了。

正如名稱所示，這就是所謂的「原創劍技」。它並非所有動作都由系統事先設定的既定劍技，而是由玩家自創動作並且加以登錄的招數。

這個系統導入之後，許多玩家想要獲得自己專屬的帥氣劍技，在街道或原野都能見到玩家爭先恐後地拿著武器擺架勢。然而──他們立刻有了相當深的挫折感。

Original Sword Skill，簡稱ＯＳＳ。它的登錄程序其實相當簡單。

首先打開視窗，然後移動到ＯＳＳ標籤之下，接著進入劍技記錄模式並按下開始記錄按鍵。然後就只要隨心所欲地揮動武器，當招數結束後再按下結束記錄按鍵。這樣就完成了。

但要讓「自己構思的必殺技」被系統認證為劍技，必須克服相當嚴格的條件才能成功。

像劈砍及突刺這些單發招式的所有變化，幾乎都已被登錄為既有劍技，因此想創出ＯＳＳ就只能嘗試連續技了。但是，這一連串的動作除了重心移動、攻擊軌道之外，連其他各種細節都不能有任何問題，而且整體速度還得跟完成版的劍技差不多才行。

也就是說，遊戲對玩家提出了「在沒有系統輔助的情況下，展現出得有系統輔助才能使出的連續技」這種可以說十分矛盾的嚴苛條件。

而突破這道難關的唯一方法，就是不厭其煩地反覆練習，直到腦神經突觸能夠完全記住這一連串的動作為止。

絕大部分玩家都無法忍受這極為單調的作業，很快便放棄了「自創必殺技」的夢想。即使如此，一部分非常努力的玩家還是成功地開發．登錄了ＯＳＳ，也因此得到了像古代劍術門派開山祖師般的榮譽。實際上，也真的有人建立起冠有「〇〇流」名號的公會，並在街上開設道場。

而這些人之所以能這麼做，都是因為附加在ＯＳＳ系統當中的「劍技傳承」系統的緣故。成功登錄ＯＳＳ的玩家本人，能夠製造出該劍技的「秘笈」並且傳授給其他玩家。

由於ＯＳＳ不論是對玩家還是對怪物都能夠發揮出絕大效果，所以有許多人想要獲得秘笈。目前要得到強力技巧的傳承，就必須付出一筆高額的費用，超過五連擊的「必殺技」秘笈逐漸成為ＡＬＯ世界最高價的道具。現在所有ＯＳＳ裡威力最為強大的，就是火精靈將軍尤金所創造出來的「火山噴射」八連擊，而不缺錢的他當然不會把這個絕招傳授給任何人。雖然亞絲娜也辛苦了好幾個月的時間而成功登錄了五連擊劍技，但之後就因為氣力放盡而提不起勁繼續想新招了。

這時，神秘的劍術高手「絕劍」就帶著超乎想像的十一連擊劍技登場了。

「嗯，既然如此，也難怪會有這麼多挑戰者出現了。大家都實際看過十一連擊的劍技了嗎？」

聽見亞絲娜的問題之後，三個人同時搖了搖頭。最後由莉茲貝特代表開口說：

「沒有唷，好像只有開始路邊決鬥當天曾經演練給眾人看過而已，之後就沒在實戰裡出現過了。或許應該說……還沒有人能逼絕劍使出那招ＯＳＳ吧。」

「連莉法也沒辦法嗎？」

當事人莉法只能沮喪地垂下肩膀。

「原本雙方在剩下六成ＨＰ時還算是不分上下……但最後對方還是只用一般劍技就把我幹掉了。」

「這樣啊……話說回來，還沒問到最重要的消息。對方的種族和武裝究竟是？」

「啊，那個人是闇精靈族。武器雖然是單手直劍，但幾乎就跟亞絲娜的細劍一樣細。總之呢——動作真的很快，就連普通攻擊也跟劍技的速度差不多……肉眼幾乎跟不上。我還是第一次遇見這種人，打擊好大。」

「速度型的嗎……如果連莉法都看不見，那我應該也沒機會獲勝了……啊！」

說到這裡，亞絲娜才彷彿想起某件重要的事情般說道：

「要說到出招的速度，不是有個動作快得跟犯規一樣的人在那裡睡覺嗎？桐人應該也對這種事很有興趣吧？」

她一說完，莉茲貝特、西莉卡、莉法便面面相覷，然後所有人忽然一起笑了出來。

「——怎、怎麼了？」

面對驚訝不已的亞絲娜，嘻嘻笑的莉法說出衝擊性的事實：

「呵呵呵——哥哥已經和那個人交手過囉。而且還很漂亮地輸掉了。」

「輸……」

輸掉了。那個桐人竟然……

亞絲娜只能張大嘴巴，整個人在那裡愣上了好幾秒鐘。

身為劍士的桐人，對亞絲娜來說可謂「絕對強者」的代名詞。就亞絲娜所知，在ＳＡＯ及ＡＬＯ兩個世界裡，一對一單挑曾經贏過桐人的，就只有血盟騎士團團長西茲克利夫一個人，而身為系統管理員的他還是因為得到系統的優勢輔助才能夠獲勝。

雖然亞絲娜沒跟莉茲貝特等人提過，但其實在ＳＡＯ時期，她也曾經認真地拔劍和桐人交手過一次。

當時他們倆才剛認識，身為ＫＯＢ副團長的亞絲娜還在指揮最前線攻略。

以ＫＯＢ為首，將攻略速度擺在第一位的那些公會，與桐人等幾名獨行玩家在某一層的強力魔王怪物攻略方針上有了意見分歧。由於雙方都堅持己見而找不出妥協點，最後就由雙方派出代表單挑來決定該聽哪一邊的意見。

儘管亞絲娜當時內心已經對桐人有些興趣，但還是不斷告訴自己必須消除這種感情。因為她覺得個人感情會對完全攻略遊戲這個首要目標產生阻礙。

亞絲娜認為，這次決鬥是個擊碎自己軟弱內心的好機會。先打倒桐人，接著有效率地打倒魔王，可以藉此讓自己取回一顆冷酷無情的心。

但她並不知道，這名劍士乍看之下雖然不怎麼可靠，實力卻深不可測。

那確實是一場名副其實的激戰。當他們交鋒時，亞絲娜腦裡的所有雜念全數消失，身體充滿著能與這名傑出劍士對戰所感到的喜悅。這場比試就像是腦神經脈衝波直接交流一樣，過去所體驗過的戰鬥完全無法與之相提並論。決鬥持續了十分鐘左右，但亞絲娜根本沒意識到時間的流逝。

最後亞絲娜敗北了。因為桐人那「從背後拔出子虛烏有的第二把劍並且發動攻擊」的假動作實在太過於逼真，讓她下意識做出反應——雖然之後就知道如此逼真的理由——結果桐人便抓住這個空隙給予她漂亮的一擊。

結果，這次單挑體驗反而加深了亞絲娜對桐人的好感，同時桐人那收放自如的劍技也在她心中留下了不可抹滅的印象。

——最強的劍士。即使ＳＡＯ時代的「黑衣劍士」已經消滅，這個觀念依舊根深蒂固地殘留在她心裡。

所以亞絲娜在聽見桐人敗給「絕劍」之後，才會感受到那種伴隨著戰慄的巨大衝擊。

她將目光由左手邊的莉法移向面前的莉茲貝特，壓低了聲音問：

「桐人他……是認真的嗎？」

「嗯～～」

莉茲貝特將雙手環抱在胸前，露出一副難以判斷的表情。

「老實說，那種次元的戰鬥，憑我的程度已經無法判斷桐人究竟有沒有認真了……嗯……不過他沒有使用二刀流，在某種程度上應該不算盡全力吧。而且……」

莉茲貝特說到這裡就停了下來，並以那對映照著暖爐火焰的紅色瞳孔看向睡著的桐人。然後她嘴角浮現出平穩的微笑。

「我是這麼想啦。在正常的遊戲裡面，桐人應該再也不會盡全力作戰了吧。反過來說，只有在遊戲失去玩樂性質時，或者虛擬世界變成真實世界時，他才會認真……所以呢，最好還是別再出現非得讓這傢伙認真作戰不可的狀況了。何況他本來就是那種容易碰上麻煩的人。」

「…………」

亞絲娜凝視了那個黑髮劍士的睡臉好一陣子，然後才點頭同意莉茲貝特的看法。

「嗯……說的也是。」

她左右兩邊的莉法與西莉卡也各自露出感慨萬千的表情，跟著輕輕點了點頭。

一會兒後，桐人現實世界裡的妹妹莉法打破了沉默。

「——但是，我覺得……哥哥他應該是認真的才對。至少他完全沒有放水。而且……」

「……而且什麼？」

「我不是很確定，不過在分出勝負之前、兩把劍劍身互抵僵持不下時，哥哥好像對絕劍說了些什麼……接著他們兩個立刻分開，而哥哥也因為無法躲過對手的突刺而落敗了……」

「原來如此……不知道他們說些什麼？」

「我問了哥哥也不告訴我啊。但我總覺得……一定有什麼內情才對。」

「這樣啊。看來就算我去問，他也不會說吧。」

亞絲娜往下瞄了一下自己的手，接著低聲說：

「……看樣子，只能直接問那位絕劍了。」

聽她這麼說，莉茲貝特便揚起眉毛問：

「妳真的要去挑戰？」

「我是不認為自己會獲勝啦……但那位絕劍除了在路邊與人單挑之外，應該還有什麼目的才會跑到ＡＬＯ來才對。」

「嗯，我也有這種感覺。不過，想必得要跟桐人一樣來場精采的比賽，才有機會知道對方的目的。那妳打算用哪個角色去挑戰？」

莉茲貝特的問題，讓亞絲娜稍微考慮了一下。除了將舊ＳＡＯ角色檔案轉移過來的水精靈族細劍士「亞絲娜」之外，她還新創了個帳號，培養出一名叫做「艾莉佳」的風精靈族角色。至於創造新角色的理由其實非常簡單，就只是因為偶爾會想變成別的模樣而已。

艾莉佳的能力構成是以短劍技為主，擅長近身肉搏，所以在單挑時會比有一半是補師的亞絲娜佔優勢。但亞絲娜只是聳了聳肩，接著馬上回答：

「還是用習慣的這個角色吧。如果對方是速度型，那麼應該會由每秒破壞力（DPS）的高低來決定最後勝負。妳們會陪我去吧？」

她環視了一下眾人，三名好友當然都用力點頭。西莉卡搖著從椅背上伸出來的尾巴說：

「那還用說！這種精采的比賽我怎麼可能會錯過！」

「我可不敢保證會是場精采的比賽……那就這麼決定了。對方下午三點會在第24層的小島上出現對吧？那我們兩點半在這裡集合。」

她拍了一下手，叫出視窗來確認現實世界的時間。

「糟糕，已經六點了。快來不及吃晚飯了。」

「那我們今天就先到這裡吧？」

莉法對自己眼前的視窗按下儲存後，便迅速收拾東西。當其他三個人也跟著這麼做時，這名風精靈劍士便躡手躡腳地走到搖椅旁，然後忽然抓住椅背用力晃動起來。

「哥哥，快起來！我們要回去囉！」

亞絲娜看著他們的模樣並露出微笑，但又忽然像想起什麼事一般把臉靠近莉茲貝特。

「莉茲……」

「什麼事？」

「剛才妳說絕劍是轉移過來的玩家對吧……既然劍術那麼高超，那有沒有可能……絕劍原本也是ＳＡＯ的玩家呢？」

她小聲問完後，莉茲也露出認真的表情點點頭。

「嗯。我也懷疑過這種可能性。在桐人和絕劍戰鬥完之後，我也詢問過他的意見……」

「桐人他怎麼說……？」

「他說『絕劍不可能是ＳＡＯ的玩家。因為……』」

「…………」

「『如果絕劍在那個世界裡，獲得「二刀流」技能的就會是那個人，而不是我。』」

2

嘰嘰……

隨著短暫的電子音響起，AmuSphere關上了電源。

明日奈慢慢抬起眼瞼。在兩眼焦點對準微暗房內的天花板之前，她便感到冰冷的空氣籠罩在肌膚上面。

雖然已經把空調設定為暖氣，她卻忘了解除定時裝置，以致於空調在潛行到一半時便停了。這個明日奈覺得有些過於寬敞的五坪房間裡，溫度已經與室外達成熱平衡。外頭的些微雨聲令少女把視線轉向右側的大窗戶，發現黑色玻璃外側已經沾滿了無數水滴。

明日奈微微發著抖，從床上撐起身體。她將手指往埋在床側櫃子裡的環境整合控制器伸去，接著在觸控式面板上按下「自動」鍵。只是這麼一個簡單的動作，兩處窗簾馬上伴隨著細微馬達聲拉起，空調再度運轉，天花板上面的ＬＥＤ光線面板也跟著發出橘色亮光。

ＲＥＣＴ家電部門所開發的最新室內環境整合技術，也運用在明日奈的房間裡。房間是在她住院時改裝的，但不知道為什麼，亞絲娜就是沒辦法喜歡這種相當方便的裝置。單靠一個視窗就能操縱房裡所有的儀器這點，雖然ＶＲ世界裡十分常見，但在現實世界出現這種情形，總會讓人心裡覺得有些不舒服。明日奈老是有種錯覺，好像安裝在牆壁與地板上那些偵測器的無機目光正掃過自己肌膚一樣。

之所以會有這種感覺，也可能是因為她數度造訪桐人——桐谷和人家那種傳統日式房屋後，在那兒感受到的溫暖與自家的寒冷形成強烈對比。明日奈母親的老家剛好也是這種感覺。以前放暑假到那兒去玩時，明日奈都會坐在充滿陽光的走廊邊緣，一邊晃著腳一邊吃外婆幫她做的刨冰。如今外公外婆已經去世，那棟房子也早就拆掉了——

明日奈輕輕嘆了口氣，接著把腳伸進拖鞋裡並站起身來。下一秒，她忽然感到一陣輕微的暈眩，只好低下頭去。這讓她強烈地感受到現實世界裡將自己身體往下拉的重力。

當然，假想世界裡也模擬了相同的重力。但那個世界裡的亞絲娜只要輕輕往地面一踢，就能隨心所欲地在空中解放自己的身體與靈魂。現實世界的重力，已經不只是一種物理的力量，它同時包含了各種事象裡絕對無法擺脫的重量。少女心中雖然湧起一股再度躺到床上的慾望，但馬上就是晚飯的時間了。只要遲到一分鐘，就會讓媽媽多一件可以發牢騷的話題。

明日奈拖著沉重的腳步走到衣櫥前，還沒伸手門就自動往左右兩邊折疊滑開。她脫下身上的羊毛衣物，像在反抗些什麼般將它們丟到床上，並換上潔白的襯衫與暗紅色長裙；再往旁邊化妝台的圓凳上一坐，眼前又自動有三面鏡展開，上頭的燈泡也發出明亮光芒。

即使是在自己家裡，母親也不准明日奈穿著隨便。她拿起梳子，迅速整理好潛行中弄亂的頭髮。

這時，明日奈忽然有種「不知道川越的桐谷家現在是什麼樣子」的念頭。

莉法／直葉剛才說今天輪到自己與和人準備晚餐。想必她會拖著還沒睡醒的和人到樓下去，兩個人肩併肩站在廚房裡，直葉拿起菜刀而和人則在她旁邊煎魚。不久後兩人的母親也回到家，開始看著電視喝起啤酒來。在一家子和樂融融的閒聊中，晚餐也準備好了；將冒著熱氣的碗盤擺到桌上後，三個人便一起坐在桌前說「開動了」。

用力呼出一口顫抖的氣息後，明日奈拚命忍住快滴落的淚水，放下梳子站起身。

她由房間來到微暗的走廊，在房門關上的前一刻，背後的照明便自動熄滅。

走下畫著半圓形的寬廣階梯來到一樓時，幫傭佐田明代正準備打開玄關的門。她應該是準備好了晚飯打算回家吧。

明日奈對著這位四十出頭的嬌小女性低頭打了聲招呼：

「辛苦了，佐田小姐。謝謝妳每天幫我們做飯，讓妳這麼晚才回家真是不好意思。」

她一說完，明代便瞪大了眼睛搖頭表示「千萬別這麼說」，接著又對明日奈深深一鞠躬。

「您、您太客氣了，小姐。這是我的工作啊。」

儘管這一年來她已經跟對方說過許多次「叫我明日奈就可以了」，但明代就是改不了口。

這時她走到明代身邊，小聲問道：

「媽媽和哥哥都回來了嗎？」

「浩一郎少爺說會晚點回來。太太已經在餐廳裡面了。」

「……這樣啊，謝謝。抱歉耽誤妳的時間。」

明日奈再度點頭，而明代也再次深深一鞠躬，接著便打開沉重的門急急忙忙回家去了。

明代有個念小學還是中學的小孩。雖然她家同樣也住在世田谷區，但現在才去買菜然後趕回家做飯，再怎麼快也會拖到七點半吧。對正值成長期的孩子來說，這段等待的時間一定相當痛苦。明日奈曾經試著對母親建議，讓明代先把晚餐做好放在餐廳裡就可以了，但母親根本就沒理會明日奈的意見。

三處門鎖各自鎖上的金屬聲響起，明日奈隨即轉過身子，橫越大廳朝餐廳走去。

當她一打開厚重的橡木門，馬上有一道平靜卻嚴厲的聲音傳進耳裡：

「太慢了！」

明日奈瞄了一下牆壁上的時鐘，時間正好是六點半。就在她準備開口這麼說時，聲音再度飛了過來：

「五分鐘前就應該坐好。」

「抱歉……」

明日奈低聲這麼說，並踩著拖鞋踏上了厚厚的地毯，最後走到餐桌旁邊。她低著頭，直接坐在一張高背椅子上。

在這約有十坪大的餐廳中央，擺放著八張椅子及一張長桌。桌子東北角數來第二張椅子就是明日奈的座位，她左手邊是哥哥．浩一郎的椅子，東邊則是父親．彰三的座位，但他們兩個人目前都不在家。

坐在明日奈左斜前方椅子上的，正是她母親結城京子。京子單手拿著心愛的雪利酒，眼神落在經濟學的原文書上。

以女性來說，京子的身材算得上相當高。她雖然瘦但骨架較大，不會讓人有柔弱的感覺。一頭染成暗棕色的頭髮整齊地中分，長度則剛好貼齊肩膀。

京子的容貌雖然相當端正，但高聳的鼻樑與嘴角又深又短的皺紋卻給人一種冷峻的印象。或許她本來就刻意要營造出這種印象吧。京子靠著銳利的唇槍舌劍及狠辣的政治手腕，將學部內的競爭對手們全部擊敗，去年四十九歲時就已當上了正教授。

在明日奈坐定後，低著頭的京子直接把精裝書合上，然後將餐巾攤開鋪在膝蓋上。當她拿起刀叉時，才終於朝明日奈瞄了一眼。

但這次則換成明日奈低下頭。她低聲說了一句「我開動了」之後伸手拿起湯匙。

有好一陣子，餐廳裡只能聽見銀器碰撞的細微聲響。

晚餐菜色有加了藍酪起司的蔬菜沙拉、蠶豆濃湯、配上香草醬料的烤白肉魚、全麥麵包等等……每天的餐點全都是京子計算過營養成分後決定的，當然做菜的人並不是她。

究竟從什麼時候開始，和母親兩個人用餐竟然已經變成如此緊張的一件事了呢？明日奈動著刀叉，腦中轉著這樣的念頭。

不對，說不定從以前就一直是這樣。還記得只要不小心把湯灑出來或者是有不吃的蔬菜，就會遭到母親嚴厲責罵。過去的明日奈，從不曉得什麼叫和樂融融的用餐時間。

明日奈持續進行著機械式的進食動作，並且讓意識神遊至遠方異世界的自家。此時京子的聲音又把她拉了回來。

「……妳還在用那台機器嗎？」

明日奈看了母親一眼，然後輕輕點了點頭。

「……嗯。我和大家約好一起做功課。」

「功課還是要自己寫才行。」

明日奈知道，就算解釋這跟親手寫沒什麼兩樣，京子也沒有辦法理解。她只好繼續低著頭，開口扯去別的話題。

「大家住的地方都很遠。在那邊馬上就能見面了。」

「用那種機器根本就不算見面。說起來，功課只要自己一個人做就好了。跟朋友一起只會聊天而已。」

喝了一口雪利酒後，京子講話的速度又更快了。

「聽好，沒有時間可以浪費了。妳已經比同年紀的孩子慢了兩年，所以得加把勁補上這兩年來落後的進度啊。」

「……我很認真在念書了。第二學期的成績單我不是已經印出來放在妳桌上了嗎？」

「我看過了，但那種學校的評價根本做不得準。」

「那種……學校？」

「明日奈，第三學期（註：日本的中學一般採三學期制）開始，除了上學之外我會另外幫妳請家教。不是最近流行的網路教學，而是請老師到家裡來。」

「等……等一下，為什麼突然……」

「妳看看這個。」

京子以強硬的口氣打斷了明日奈的抗議，然後拿起桌上的薄形平面電腦。明日奈接過電腦，皺著眉頭往畫面上看去。

「……這是什麼……轉學考……概要？」

「媽媽拚命拜託在高中擔任理事的朋友，讓妳參加他們學校三年級的轉學考。那裡可不是你們那種急就章的學校，算是相當好的高中。那所學校是學分制，妳應該只要念上一學期就可以畢業。這樣一來，妳九月就能上大學了。」

明日奈只能啞口無言地看著京子的臉。她把平板電腦放回桌上並輕輕抬起右手，打斷了還想繼續說些什麼的母親。

「等、等等，媽媽隨便就下決定，只會造成我的困擾。我喜歡現在的學校。裡面有許多很棒的老師，在那裡也可以學得很多知識。根本沒有必要轉學。」

一聽見明日奈這麼說，京子便故意嘆了口氣。接著她又閉起眼睛，一邊用左手指尖按著太陽穴，一邊將身體靠在椅背上。這種沉默方式，是京子讓對方意識到自己居於上位的技巧。只要她在教授的研究室裡做出這種動作，即使對方是男性也會感到心慌意亂。就連丈夫彰三，在家裡也會極力避免與京子意見分歧。

「……媽媽已經調查過了。」

京子以告誡的口吻再度開口說道：

「妳現在就讀的根本算不上一所學校，裡頭盡是些隨便的課程與過於簡單的教學。就連老師也是草率找來的，根本沒有什麼優秀人才。那地方與其說是教育機關，倒不如說是矯正設施或收容設施還差不多。」

「怎……怎麼能這麼說……」

「說什麼專門為遭遇事故而失學的學生設立棲身之處，根本只是場面話，那間學校只是把將來可能會引起問題的孩子們集中在同一個地方加以監視而已。當然，確實有些孩子在那個奇怪的世界裡持續互相殘殺，因此需要到這種設施裡面去，但不用連妳也到那種地方去啊！」

「…………」

聽到母親這種自以為是的言論之後，明日奈也無法再多說些什麼了。

她從去年春天開始就讀這間位於西東京的學校，而學校也確實是在計畫發表之後短短兩個月內急就章設立的，目的是為了幫助受困於「Sword Art Online」這款死亡遊戲裡而失學兩年的孩子們。只要是十八歲以下的前ＳＡＯ玩家，就可以免除入學考試與學費，畢業之後還能立即取得參加大學聯考的資格，如此優待的條件甚至引起了部分人士的批判。

但在那間學校裡就讀的明日奈，很明確地能感受到這個地方不只是社會福利設施而已。全校學生都有每週接受一次心理諮詢的義務，那時提出的問題明顯是在調查該名學生是否有反社會傾向。也就是說，京子口中的「矯正設施」也不是全無根據。

但就算是這樣，明日奈依然深愛著那間「學校」。不管政府或文科省（註：日本的教育部）究竟有什麼想法，全校老師幾乎都是志願來此任教，所以也都很真誠地面對每個學生；而學生彼此之間也不需要刻意隱瞞過去的經歷，更何況她在那裡還可以跟知心朋友們在一起，像是莉茲貝特、西莉卡、幾位前攻略組的伙伴——當然還有桐人。

左手依然握著叉子的明日奈緊咬嘴唇，與心中那股希望對母親表明一切的衝動交戰。

她實在很想說，自己就是媽媽口中所說的「持續互相殘殺的孩子」之一、自己就生活在用劍奪取彼此生命的世界裡，更想說自己一點都不後悔有過那些日子……

京子完全沒注意到明日奈內心的糾葛，只是迅速接著說：

「在那種地方上課，之後也沒辦法考上好的大學。聽好，妳已經十八歲了。要是妳還待在現在的學校，可不知道什麼時候才能上大學呢。妳國中時代的朋友下個禮拜就要參加學測了。妳難道一點都不著急嗎？」

「就算晚一兩年升學……也沒什麼關係吧。而且也不是只有上大學這條路……」

「不行！」

京子馬上否決明日奈所說的話。

「妳是個聰明的孩子，應該也知道爸爸媽媽為了讓妳發揮才能耗費了多少心力。但妳卻因為那種奇怪的遊戲浪費了兩年時間……如果妳是個平凡的孩子，媽媽也就不會這樣要求妳了。但妳跟一般人不一樣對吧？平白浪費與生俱來的才能也是一種罪過啊。妳有上一流大學接受一流教育的資格與能力，那妳就應該這麼做。將來要到政府或企業裡貢獻力量也好，留在大學裡繼續研究也罷，這些媽媽都不會干涉妳，但我絕不允許妳放棄接受高等教育的機會。」

「根本沒有什麼天生的才能。」

京子說了一長串話後稍做休息，明日奈這才好不容易能插嘴。

「人應該自己選擇生活方式吧？我以前也認為，就讀好大學然後進入一流企業就是人生的全部。但是我改變了。現在雖然還沒找到答案，但我已經快找到自己真正想做的事情了。我想在目前的學校多留一年，然後找出這個答案。」

「妳這樣只是減少自己的選擇而已吧？在那種地方無論待多少年都找不到方向的。但是妳要轉進去的學校可就不一樣了，上頭的大學部也是名校，只要在那裡獲得好成績，就可以到媽媽的學校來念研究所。聽好，明日奈，媽媽不希望妳以後過著悲慘的人生。我希望妳能夠擁有不輸給任何人的資歷。」

「什麼叫做我的資歷……那元月時在本家硬要我跟那個人見面又是怎麼回事？我不知道你們對他說了些什麼……但那個人講話的口氣，就好像我已經是他的未婚妻一樣。減少我人生選擇的人，應該是媽媽妳吧！」

明日奈無法克制住聲音中些微的顫抖。雖然她盡可能希望在眼神裡表達出自己堅強的意志，但京子卻完全沒有動搖的模樣，只是將嘴唇湊到裝著雪利酒的杯子上。

「結婚也是資歷的一部分。嫁到物質生活匱乏的夫家，五年、十年之後妳一定會後悔。妳所謂想做的事，也會沒辦法繼續下去。嫁給裕也就不用擔心這一點。跟派閥鬥爭不斷的大銀行比起來，由自己家族經營的地方銀行還比較讓人放心。媽媽很看好裕也。他是個誠實的孩子。」

「……媽媽完全沒有反省。引起那種事情，讓我還有那麼多人受苦，甚至讓RECT經營產生重大危機的，不就是媽媽選的須鄉伸之嗎！」

「不准妳再提這件事！」

京子的臉整個繃了起來，左手像是在趕什麼煩人的小蟲般不停揮舞著。

「我不想聽關於那個人的話題。說起來……欣賞那個人並且說要收他為養子的，可是你爸爸啊。他從以前就沒有看人的眼光。但我不一樣，雖然裕也他某些地方確實有點軟弱，但這樣反而比較令人安心不是嗎？」

確實，明日奈的父親彰三一直以來都不怎麼觀察身邊的人，只注意公司的經營。就算現在已經不再擔任CEO，他依舊為了調整與國外資本的合作而多日未歸。彰三本人也說，只看重須鄉的開發．經營能力及出人頭地的志向卻沒發現其內在性格缺點，的確是自己的錯。

但明日奈認為，周圍的人不斷給予須鄉伸之強烈壓力，就是造成他從國中起便漸漸展露出攻擊性的原因之一。而他的壓力無疑有一部分就是來自於京子所說的話。

明日奈只能將苦水往肚子裡吞，以僵硬的聲音說：

「——總之，我完全不想和那個人交往。我會選擇自己交往的對象。」

「好啊，只要對方是配得上妳的優秀青年就可以。我話先說在前面，那種男孩——那種設施裡面的學生可不包含在內啊！」

「…………」

京子的說法聽起來似乎指著某個特定人物，這讓明日奈再度感到一陣戰慄。

「……難道……妳調查了……他的事情……？」

她以沙啞的聲音低語，然而京子沒有否定，只是隨口扯出另一個話題。

「我希望妳能了解，爸媽都是為了妳的幸福著想。從選擇妳就讀的幼稚園開始，這一直是我的願望。我想妳一定也很後悔隨便玩了浩一郎買的那款遊戲吧。但這只是個小小的挫折而已，馬上就能彌補過來。只要現在認真努力，憑妳的天分一定可以累積很棒的資歷才對。」

明日奈在內心深處低語——那不是我的資歷，而是媽媽的資歷吧。

明日奈的哥哥浩一郎，也是京子本身「漂亮資歷」的一部分。浩一郎讀的是一流大學，進入ＲＥＣＴ工作後也確實創出一番成績，讓京子感到相當滿足。明日奈原本也應該跟隨哥哥的腳步，卻陷入ＳＡＯ這種莫名其妙的事件裡。之後又因為須鄉所引起的事件讓ＲＥＣＴ的企業形象大為受損，京子應該覺得自己的資歷因此出現瑕疵了吧。

明日奈到此已經失去繼續和母親在言語上對抗的力氣，她把刀叉放在還剩下一半料理的盤子旁，隨即站了起來。

「……轉學的事情，讓我考慮一下吧。」

她雖然拚命擠出這句話，但京子的回答卻不帶任何感情。

「期限到下個禮拜為止。在那之前先把報名表填好，印三份之後放在我書房的桌子上。」

明日奈低著頭，轉過身子朝門口走去。她原本想要直接回房，卻無法壓抑藏在胸口深處的情緒，往走廊跨出一步的她再度轉身面向京子，以冰冷的聲音說：

「媽媽……」

「……什麼事？」

「媽媽一定以過世的外公外婆為恥對吧？出生在一般農家而非名門望族讓妳很不滿吧？」

京子因為驚訝而瞪大了眼睛，但她的眉頭及嘴角馬上出現深刻的皺紋。

「……明日奈！妳給我過來！」

雖然聽見母親嚴厲的聲音，但明日奈卻立刻關上厚重的橡木門，將接下來的話擋在後頭。她像逃走般迅速橫越大廳，衝上樓梯之後立刻拉開自己房間的門。

偵測器瞬時感應到明日奈，照明與空調跟著自動開啟。

明日奈感到心裡有一股難以壓抑的焦躁，於是直接走向牆壁的操縱面板，把室內整合控制系統完全關上。她直接整個人趴在床上，也不理會身上的高級襯衫會產生皺紋，就這麼把臉完全埋在大坐墊裡面。

她原本不想哭泣。身為劍士的她，早已決定不再流下悲傷與懊悔的眼淚。然而，現在這種決心反而加劇了她胸口的鬱悶。

心裡響起「妳算什麼劍士嘛」的嘲笑聲。光是在遊戲裡揮舞著多邊形所構成的劍，能對現實世界造成什麼影響嗎？明日奈咬緊牙關，對著自己這麼問道。

在那個世界裡遇見了那名少年，自己應該也有所改變才對。自己已經不再遵從別人所給予的價值觀，變成一個能夠為了真正想做的事情而戰的人才對啊。

但是從外人的眼光看來，現在的自己與被關在那個世界之前究竟有什麼不同呢？依然在親戚面前像個裝飾品的洋娃娃般露出空洞的笑容，也沒辦法斷然拒絕母親所規定的道路。如果只有在假想世界裡才能恢復真正的模樣，那自己到底又是為了什麼而回到現實世界來呢？

「桐人……桐人……」

不知道從什麼時候開始，從顫抖的嘴唇之間不斷出現這個名字。

桐人——桐谷和人即使回到現實世界已經過了一年，也還是輕鬆保持著ＳＡＯ世界裡所鍛鍊出來的強韌精神力。他應該也承受了不少壓力，臉上卻從沒出現過示弱的表情。

明日奈曾問過他將來的目標為何，結果他一邊不好意思地笑著，一邊回答說以後不想當玩家想改當設計者。而且他想設計的不是ＶＲＭＭＯ之類的遊戲軟體，而是更加貼近使用者的機器與介面，以取代目前仍有許多限制的完全潛行技術。為了這個目標，他時常造訪國內外的技術系討論區，積極地在裡面學習並且與其他人交換意見。

明日奈知道，他一定能夠直線朝自己的目標邁進。如果可以，希望自己也能夠待在他身邊，一起追尋共同的夢想。所以明日奈想繼續和他待在同一所學校裡，利用剩下來的一年時間慢慢探索要如何完成自己的夢。

可是現在這條路已經被堵住。而明日奈也只能承受這種無法反抗命運的無力感。

「桐人……」

好想馬上見到他，就算不是在現實世界也沒有關係。希望能跟他待在那間森林小屋裡，靠在他胸前盡情哭泣，告訴他心裡所有的話。

但是明日奈卻沒辦法這麼做。桐人所愛的，不是這個軟弱無力的明日奈，而是那個最強劍士的夥伴「閃光」亞絲娜。這種觀念，就像沉重的枷鎖般套在明日奈身上。

「亞絲娜……妳真的很堅強……比我要堅強多了……」

桐人在那個世界裡說過的話，再度於明日奈耳邊響起。當明日奈露出脆弱的一面時，說不定他的心便會就此離去。

這讓少女感到相當恐懼。

趴上床的明日奈就這樣直接陷入淺淺的睡眠當中。

她見到自己腰上掛著銀鏡塗裝的劍鞘，挽著桐人手臂走在透過樹蔭的陽光底下。但她同時也見到另一個自己被關在某個黑暗的場所裡，只能靜靜窺看高興大笑著的兩人。

在這悲喜交加的夢境中，明日奈忽然有了想回到那個世界去的強烈念頭。

3

艾恩葛朗特第24層是大部分都被水面覆蓋的湖沼系區域，整體景色與亞絲娜過去所居住的湖面都市「塞爾穆布魯克」周邊——目前仍未開放的第61層——非常相似。

這裡的主街區名為「帕那雷賽」。巨大的湖泊中央有座人工島，而從這個地方又有許多細長的浮橋往四面八方延伸出去，通往無數的小島。

亞絲娜由宛如祭典般熱鬧的帕那雷賽街道眺望遠方水面，然後輕輕把頭靠到坐在旁邊的桐人肩膀上。

兩人並肩坐在主街區稍偏北的小島南岸，背後有一片茂盛的綠色樹林，而腳邊的湖面則有微波蕩漾。目前雖然是冬天，但吹過湖面的風還算溫暖，周圍矮草也隨之搖晃。

「桐人，第一次到我在塞爾穆布魯克的家時發生的事，你還記得嗎？」

亞絲娜抬起頭這麼問，桐人隨即面露微笑回答：

「不是我在炫燿，我這個人可是出了名的健忘——」

「什麼～」

「——不過，那時候的事我還記得很清楚。」

「……真的嗎？」

「當然。那時我不是剛獲得超稀有的食材道具嗎？亞絲娜拿來做了燉肉雜燴對吧。啊啊……那種肉真的很好吃耶……直到現在，我還是會經常想起那種味道。」

「真是的！你就只記得吃！」

亞絲娜雖然噘起嘴，但還是笑著往桐人的胸口戳了一下。

「……算了，我自己有時也會想起那種味道。」

「什麼嘛，那妳還敢說我。對了……妳能在現實世界裡重現那道雜燴嗎？」

「嗯……基本上和雞肉很相似，若是在醬料上下點工夫應該……不過呢，我想還是讓它保留在記憶裡比較好。一生只能吃一次的料理，聽起來不是很棒嗎？」

「唔唔，這倒是真的。」

看著頷首卻露出可惜表情的桐人，亞絲娜忍不住又笑了起來。桐人也跟著露出笑容，然後像注意到什麼事情般說：

「啊，對了。我說啊……」

「什麼事？」

「好像不知不覺間就又存了不少尤魯特幣了，等改版開放第60層時，要不要在塞爾穆布魯克再買個房間？就是亞絲娜妳以前住的地方。」

「嗯～」

聽見桐人的提案之後，亞絲娜稍微考慮了一下，接著搖搖頭說：

「還是算了。我住在那個房間時，也沒什麼特別值得懷念的回憶。賺來的錢就贊助艾基爾在阿爾格特開店吧？」

「要讓那間黑心商店復活嗎……如果是融資給他，我十天就算他一成利息……」

「嗚哇，太過分了吧……」

只要和桐人聊到舊艾恩葛朗特的回憶，真的就停不下來。當亞絲娜笑著與桐人閒聊各種話題時，忽然注意到由帕那雷賽飛來這座島的玩家愈來愈多。他們全都從兩人頭上飛過，朝著聳立在島中央的大樹前進。

「啊，時間差不多了。我們該走了。」

亞絲娜嘴裡雖然這麼說，卻還是捨不得離開桐人溫暖的身體。這時候桐人忽然一臉認真地開口說道：

「亞絲娜。妳要和『絕劍』對戰的話……」

「……咦？」

「那個……嗯～沒有啦……那人真的很強唷。」

從桐人說話的口氣裡，能感覺到他似乎隱瞞了些什麼。於是亞絲娜歪著頭說：

「莉茲她們已經宣傳過人家的英勇事蹟囉。而且，既然連桐人都無法獲勝，我當然也不認為自己能贏。我只不過想看看對方的劍技……話又說回來，真的很難相信你竟然會輸耶……」

「現在比我強的傢伙到處都是啊。嗯，不過絕劍又另當別論就是了。」

「這麼說來，聽莉法講你在決鬥當中曾和絕劍說過話對吧。你們說了些什麼？」

「啊～嗯～有件事讓我有點在意……」

「什麼事？」

「就是那個……」

亞絲娜敏銳地感覺出桐人的眼神裡帶著某種顧忌。她也因此而愈來愈摸不著腦袋，只能眨上好幾下眼睛表示疑惑。

就算那個叫「絕劍」的玩家再怎麼強，這裡也不是SAO世界。即使在決鬥時來不及投降而導致HP歸零，只要有人使用復活魔法就能夠立刻重生。雖然死亡會掉經驗值，但只要打上幾個小時的怪物就能補回來了。

不過，桐人卻講出亞絲娜意想不到的話：

「我問那傢伙——妳已經完全成為這個世界的居民了吧？結果那人卻以無言的微笑與風馳電掣般的突刺技來回答我。那種速度……可以說已經超出人類的界限了……」

「完全成為這個世界的居民……？你是指重度的廢人玩家嗎？」

亞絲娜提出這個相當單純的問題後，桐人馬上用力搖了搖頭。

「不。我不是單指某個VRMMO世界，而是整個『The seed連結體』……不，這樣講也不對。應該說感覺上那個人……就像是完全潛行環境的代言人一樣。」

「這是什麼意思……？」

「——不要有先入為主的觀念。接下來，還是讓妳自己去體會吧。」

桐人輕拍了一下亞絲娜的頭，當少女因此用力眨眼時，身後的大樹彼端忽然連續傳來幾道降落的聲音。接著便是相當熟悉的大嗓門：

「稍微一個不注意你們就這樣！」

一聽見踩著雜草往這邊靠近的腳步聲，亞絲娜急忙撐起身體。

繞過樹幹出現在兩人眼前的莉茲貝特，將兩手插在圍裙裝腰際並停住腳步。她低下頭盯著亞絲娜說道：

「抱歉打擾你們啦，不過時間快到囉～」

「我、我知道啦。」

亞絲娜運用背後的翅膀抬起身體，站穩後立刻開始確認全身裝備：由藍銀色絲線編織的緊身短上衣以及同樣材質的裙子、用水龍皮所做的靴子與手套，腰間劍帶吊著水晶柄的細劍。每一種都是現階段所能入手的最高級品。如果這樣還是失敗，可就沒辦法怪到武器頭上了。

將包含魔法配件在內的各種物品都檢查過之後，亞絲娜朝視野右下角的時鐘瞄了一眼。現實世界剛過下午兩點五十分。

這時身邊的桐人也站了起來，亞絲娜瞥了他的臉一眼，接著轉身依序看向莉茲貝特身後的西莉卡、莉法，以及莉法頭上的結衣，然後才開口說：

「——那我們走吧！」

他們排成一列低空飛行，朝向無名小島的中央前進。當連綿不絕的樹梢中斷時，馬上就有座大山丘映入眾人眼簾。山丘頂上有棵小型世界樹般的巨木往四周伸展枝椏，而它底部一角能看見許多玩家聚在一起圍成圓形人牆。可能決鬥已經開始了吧？人群裡傳出來的盛大歡呼聲，就像海嘯般往亞絲娜等人蓋去。

他們一行人在旁觀群眾裡找到空位，正準備降落時，遙遠上空便有一名玩家隨著大叫聲掉了下來。那人的頭部以猛烈來勢插進大樹根部，在地面上揚起大片灰塵。

這名看起來像是火精靈族的劍士呈大字形在地面躺了一陣子後，才緩緩撐起上半身。可能是還沒從墜落的衝擊裡恢復過來吧，只見他搖著頭大聲叫著：

「輸了！輸了！我投降！」

霎時，決鬥結束的喇叭聲響起，接著則是更加盛大的拍手及歡呼聲。

現場能聽見「太厲害了，已經連續打敗六十七人了耶」、「難道就沒人能擊敗這傢伙嗎」等無數的贊賞與叫囂聲。亞絲娜聽著這些聲音，同時為了確認勝利者的身影而瞇起眼睛往上空看去。

由大樹枝椏縫隙透過來的太陽光裡，可以看見一道剪影畫著螺旋軌道往下降落。

那身影看起來比想像中還要來得嬌小。聽見「絕劍」的名號之後，亞絲娜原本想像對方會是一個肌肉糾結的巨漢，卻沒想到那人體型相當瘦小。隨著人影在逆光當中逐漸靠近，亞絲娜也慢慢能夠確認那個人細部的長相。

從背光處能看見對方有些發紫的乳白色肌膚，而這確實是闇精靈族的特徵。那又長又直的頭髮，是帶有耀眼光澤的紫黑色。覆蓋在胸部的黑曜石護甲呈柔和的圓弧形，底下的緊身短上衣及隨風飄逸的長裙則是矢車草般的藍紫色。此外，腰間還掛著又黑又細的劍鞘。

在啞口無言的亞絲娜眼前，那名無敵的劍士在落地前一個轉身，然後輕巧地以腳尖著地。「絕劍」直接用左手指尖輕輕拉起裙子，右手則放在胸口──就像在謝幕般行了個禮。四周的男性觀眾馬上發出更熱烈的歡呼與口哨聲。

絕劍挺起身體時，臉上已經帶著滿滿的笑意，接著又忽然天真無邪地比出勝利的V字型手勢來。她的身高明顯比亞絲娜還要矮。此外臉蛋也相當小，除了有酒窩的臉頰、往上挺的鼻子外，那對大大的眼珠裡還散發出讓人聯想到紫水晶的光芒。

亞絲娜還沒從震驚狀態裡恢復過來，只是用手肘戳了戳旁邊莉茲貝特的側腹部說：

「……我說啊，莉茲……」

「什麼事？」

「絕劍——怎麼會是女孩子！」

「咦？我沒跟妳說過嗎？」

「完全沒有！啊……難道說……」

她斜眼看了一下站在身邊的桐人。

「桐人落敗的理由是……」

「不、不是啦！」

桐人立刻一臉認真地用力搖頭。

「我沒有因為她是女孩子而放水喔！嗯，我超認真的……至少中途開始是如此。」

「誰知道啊！」

亞絲娜說完，便把臉別到一邊去。

在這段時間裡，火精靈挑戰者好不容易才爬了起來。但他雖然落敗，卻依舊帶著滿臉笑容與絕劍握手，然後抓抓頭走回觀眾群裡。在暗色系頭髮上綁著鮮紅髮帶的少女對自己施放相當初級的治癒魔法，同時環視著周圍說：

「那麼～接下來還有人要挑戰嗎？」

那稚嫩又可愛的聲音很適合眼前這個角色。而她講話的口氣也不像是個身經百戰的勇士，反而給人一種開朗又天真無邪的感覺。

由於ＡＬＯ是無法轉換性別的遊戲，所以可以確定玩家也是女性，不過外表是由亂數決定，當然也就沒辦法知道對方的真實年齡以及體格了。不過「絕劍」的動作與聲音相當自然，讓人感覺真實身分的年齡應該也與角色外表差不了多少。

接著周圍只能聽見「你快去啊」、「我才不要去送死哩」的對話聲，再也沒有挑戰者出現。這回換成莉茲貝特用手肘戳了一下亞絲娜的側腹部。

「換妳了啦。」

「等、等等……我得集中一下精神才行……」

「等開始對戰就會有精神了啦。來，快去快去！」

「哇！」

亞絲娜被人推了一把，踉蹌地往前走了一兩步。當她用翅膀穩住差點跌倒的身子並抬起臉來時，立刻從正面與擁有絕劍稱號的女孩子對上了眼。

「啊，這位大姊要挑戰嗎？」

由於對方已經笑著這麼對自己說道，亞絲娜只好無可奈何地小聲回答：

「呃、嗯……那我就試試看吧。」

她原本以為絕劍會是個面目猙獰的彪形大漢，而自己在比賽開始前應該會先和對方脣槍舌劍一番，結果現在計畫完全被打亂了。

但旁邊馬上就傳出震耳欲聾的歡呼聲。有許多人認識經常站上月大會頒獎台的亞絲娜，所以也能聽見幾道呼喚她名字的聲音。

「ＯＫ！」

少女彈了一下手指，然後向亞絲娜招手。

亞絲娜用力吸了口氣，下定決心走到人群中央。等周圍的雜音止歇，亞絲娜才開口詢問對決的條件。

「嗯……那就不設限制，可以嗎？」

「當然。看是要用魔法還是道具都沒關係唷。我是只有手上這把劍而已啦。」

這名講話帶點男孩子氣的少女立刻回答，同時還用左手輕輕敲了一下劍柄。看見她這麼天真無邪地展露自信，亞絲娜內心的戰意也油然而生。

……既然對方都這麼說了，那麼自己也沒辦法用由遠距離施放阻礙魔法這種攻其不備的作戰方式了。亞絲娜在內心呢喃著「我也正想和妳在劍術上一決高下呢」，並將右手放在細劍劍柄上。就在這個時候……

絕劍繼續用充滿自信的口氣大聲說：

「啊，對了。大姊喜歡地面戰還是空戰呢？」

聽見這意料之外的問題，原本覺得一定會變成空戰的亞絲娜便停下準備拔劍的右手。

「……我可以選嗎？」

說完，絕劍就笑著點了點頭。亞絲娜頓時感覺這或許也是對方的一種策略，但闇精靈少女臉上的笑容卻讓人感覺不到一絲邪念。也就是說，她單純只是覺得無論在什麼地方作戰自己都能夠獲勝。

既然如此，那就不需要客氣了。想到這裡，亞絲娜便開口回答：

「那我選地面戰好了。」

「ＯＫ～可以跳躍，但不能使用翅膀唷！」

絕劍立刻回應，並且收起背後那對特殊的黑色翅膀。那像蝙蝠般的翅膀顏色馬上變淡，最後幾乎變成透明。同時明日奈也用力靠攏肩胛骨並固定兩秒鐘，藉由這消除翅膀的動作指令，她背上也發出細微的「鈴鈴」聲，通知玩家翅膀已經消失不見。

亞絲娜在正式成為ＡＬＯ玩家當天，就已經不靠輔助搖桿而掌握了「任意飛行」的訣竅，現在她空戰的技巧已經和艾恩葛朗特上線之前的老玩家平分秋色了。

但就算是這樣，身體依然無法輕易忘記兩年來在ＳＡＯ世界戰鬥時所熟悉的動作。老實說，亞絲娜還是很高興能夠在地上交手。她動了一下腳尖，讓腳掌透過鞋底感受地面的硬度。

接著，亞絲娜便確認這位絕劍少女的「顏色浮標」。

所謂的「顏色浮標」，就是會自動浮現在注視對象周圍的小小橫條視窗。上頭除了姓名以及ＨＰ、ＭＰ條之外，也會以小圖像來顯示該名角色身上的支援魔法與阻礙魔法，還會依照視窗內部的顏色來確認自己與對方角色的關係。除了同種族、中立種族、對立種族之外，還會依照朋友、公會、小隊的狀態不同而改變顏色。而這也就是它被稱為「顏色浮標」的原因了。

由於亞絲娜和少女是初次見面，所以名字還沒顯示出來，ＨＰ條上方只有一片空白。而空白處的左邊則存在一個小小的圖像。那正是用來表示玩家屬於哪一個公會的「公會標籤」。公會的圖像可以自由設計，而少女的標籤上則是非常可愛的圖案——一顆左右兩邊長著白色翅膀的粉紅愛心。至於亞絲娜本身因為還沒有加入公會，所以游標裡沒有任何圖像。雖然她和夥伴們提過要組織公會已經好幾次了，但最後還是沒有付諸實行。

少女可能同樣在注意亞絲娜的浮標吧，只見稍微把視線焦點移開的她，此時再度用漂亮的紅紫色瞳孔筆直看著亞絲娜。絕劍隨即微微一笑，揮揮右手，以極為熟練的手勢操縱出現的視窗。亞絲娜視野裡立刻有個申請決鬥的視窗帶著雄壯效果音出現。最上方的文字列寫著——

【Yuuki is challenging you.】

那個「有紀」，應該就是少女的角色名吧。這個同時帶有可愛與英氣的名字相當適合她。

視窗的下方與ＳＡＯ相同，總共有三種模式。由上而下分別是「初擊決勝模式」、「減半決勝模式」以及「全損決勝模式」。過去在艾恩葛朗特裡，單挑幾乎都是在初擊決勝模式下進行。畢竟當時絕不可能選擇全損模式，而減半模式中要是決定勝負的一擊直接命中要害，ＨＰ也有可能直接掉進危險範圍內。

不過，現在進行決鬥時當然都是選擇全損決勝模式。

時代變了呢……亞絲娜腦中這麼想著，手指也按下ＯＫ的按鈕。這時浮在少女旁邊的彩色浮標馬上浮現「Yuuki」的名字。同一時間，對方能看見的游標裡也出現「Asuna」的字樣。

決鬥視窗自動消滅，隨即開始十秒鐘的倒數計時。亞絲娜與少女——「絕劍」有紀，幾乎是在同一時間用右手拔出左腰上的劍。兩聲尖銳的「喀鏘」聲立刻重疊在一起。

絕劍裝備的是較細的單手用雙刃直劍。劍身與鎧甲同樣帶著黑曜石般的半透明色澤。由光澤及細部特徵來看，她那把武器的等級與亞絲娜手裡的細劍差不多。也就是說，應該不會像稀有的傳說級武器一樣擁有什麼特殊能力。

有紀持劍擺出中段架勢，自然地側身。而亞絲娜則是將右手靠著身體，把細劍垂直對準前方。接下來，周圍的歡呼聲就像退潮般逐漸遠去。

當亞絲娜做了個深呼吸之後，倒數中的時間也剛好歸零。

在【DUEL】文字閃現光芒的同時，亞絲娜全力往地面一蹬。她在極短的時間裡便衝過大約七公尺的距離，身體也順勢往右扭轉。

「喝！」

隨著短暫的呼喝聲，亞絲娜的右手就像射出去的箭矢般筆直往前刺出。她以加上慣性及旋轉力的突刺朝絕劍身體中央偏左的位置連攻兩劍，稍頓一會兒後又往右側補了一劍。由於這只是記不屬於劍技的普通攻擊，所以速度並不算快，但攻擊的位置卻相當精準。往右躲開最初的兩劍後，通常都無法避開接下來的那一劍。

正如亞絲娜所料，有紀向右旋身避開初擊與次擊。就在她動作停止的瞬間，第三道攻擊便準確地刺向她的身體——

但是當劍尖捕捉到胸口護甲的瞬間，有紀的右手就如同飄煙般動了起來。同時亞絲娜細劍的右側面出現細微火花，突刺軌道也隨之產生些微誤差。

絕劍以自己的武器精準地架開超高速突刺的細劍，當亞絲娜的腦袋終於理解怎麼回事之後，劍尖已經擦過絕劍的鎧甲而刺了個空。

亞絲娜一想到對方必定會展開反擊，後頸部的肌膚便有一陣熱辣的麻痺感。但這時候若硬是把劍抽回來，反而會導致身體僵硬。於是她順著招式的慣性，將身體全力往左邊迴轉。

這時候，一道由下往上朝著她脖子攻來的黑色光芒也映入了亞絲娜視野中。

「——————！」

這一劍疾似電光，讓亞絲娜全身竄過一股猛烈的戰慄。她屏住呼吸，右腳腳尖灌注了足以插入地面的力道後全力往左旋身。

由於腳下有許多濃密的短草，所以設定的摩擦力比起石板和普通地面稍低。而這些微的差異便造成了亞絲娜的失誤，讓她右腳一個打滑，身體瞬間失去平衡。

幸運的是，絕劍的劍尖只劃過亞絲娜胸口。隨即有「滋磅！」的衝擊聲從她左耳邊掠過。要是擊中頭髮也有傷害判定，那麼亞絲娜的藍色頭髮現在應該只剩下一半長了吧。從視野的角落，可以看見朝空中放射出去的能量撼動空氣後便往周圍擴散。

亞絲娜用恢復抓地力的靴子往地面一踢，整個人使勁往右跳開。接著又用左腳再度跳躍，取得充分的距離之後才停下腳步。

雖然水精靈劍士為了防禦追擊而蹲下身子，但絕劍只是微笑著再度擺出中段架勢並且停止動作。亞絲娜安撫自己急速跳動的心臟，好不容易才回了對方一個笑容——但她心裡的冷汗早已經像瀑布般不斷涔涔流下。

通常往自己攻來的突刺技，延軌道看去只不過是一個朝自己接近的小點而已。基本上，這種攻擊只能運用腳程來進行閃避，但絕劍卻準確地從側面彈開了亞絲娜的細劍。

跟反擊的速度相比，對方那種超級反應速度更讓亞絲娜瞠目結舌。雖然已經聽過無數次她很強的傳聞，但那種出乎意料的可愛模樣卻讓亞絲娜的戒心鬆懈了下來，直到剛才交手，才像被人從頭澆了一盆冷水一般。原本以為桐人落敗是因為對方的性別而一時大意或放水，但看來是錯怪他了。因為就連他也沒辦法輕易架開亞絲娜的全力突刺。

亞絲娜再度深吸了口氣並屏住呼吸。絕劍確實是相當恐怖的對手，但要是僅僅交手一回合就馬上就放棄，那麼自己也不配稱為劍士了——

這時，亞絲娜耳朵深處忽然響起了一道聲音。

——什麼劍士嘛。那只不過是在遊戲當中……

她用力一咬牙，將腦袋裡頭的雜音趕開。這裡也算是另一個真實世界，所以在這裡的戰鬥無論何時都得全力以赴才行。

亞絲娜像要鞭策自己般，抖動手裡的細劍並將其置在右肩上方。這次她的劍尖則是筆直地對準了絕劍。

如果一般劍招不管用，接下來就只有承擔風險利用劍技來攻擊了。由於系統在使用劍技之後設定有僵硬時間，若是所有攻擊都被躲過，那麼自己必定將遭受致命性的反擊。這麼一來，只能想辦法讓對方的身體失去平衡，製造出一定能命中對方的狀況才行了。想到這裡，亞絲娜便握緊了空下來的左手。

當亞絲娜再度蹬地前衝時，她的意識已經完全到達了通明狀態。此刻，少女的體內充滿了幾乎讓神經系統燃燒起來的加速感，過去在ＡＬＯ世界的戰鬥中從來沒有這種經驗。

這次換成絕劍主動衝了過來。她嘴角的笑容已經消失，紫水晶般的瞳孔散發出光芒。

亞絲娜將帶著驚天之勢從右上方劈來的黑曜石劍架開。強烈的衝擊伴隨著火花與金屬碰撞聲傳到她的右手上。雖然攻擊被擋了回去，但絕劍就像感受不到武器的重量般，以極快速度發動連綿不斷的攻勢。如此迅速的連續攻擊，讓人根本來不及看清招式就得做出反應，只能以視野捕捉敵人的全身動作來預測下一波攻擊方向，並加以格擋或閃躲。雙方的劍偶爾還是會劃過對方的身體，也造成兩個人ＨＰ一點一滴減少，但目前為止依然沒有任何完全擊中對方的漂亮一擊。

聽著超高速的金屬碰撞聲，亞絲娜心裡有種怪異的感覺。

絕劍有紀的攻擊速度與反應速度確實令人吃驚。若是光看速度，她或許已經超越了桐人也說不定。但亞絲娜之所以還能夠跟上她，靠的是過去在ＳＡＯ裡累積起來的龐大戰鬥經驗，再加上對方的攻擊實在太過於老實——完全看不到突然停手或放慢攻擊節奏等假動作。

或許絕劍沒有什麼與玩家交手的經驗。如果是這樣，只要想辦法讓她瞬間分心，自己就有機會取勝。

躲過右上、左上、左側的三連擊之後，亞絲娜便整個人衝進絕劍懷裡。這時兩個人幾乎已經緊貼在一起。這種距離下雙方都無法利用踮步閃躲攻擊。

亞絲娜腰部一沉，右手細劍對準絕劍身體中心，即將全力往前突刺時——

絕劍馬上對此做出反應，準備將劍由下往上挑——

但下一個瞬間，亞絲娜的右手竟然整個往回拉，以左拳朝著對方空門大開的身體轟出一記刺拳。這是當初她遠赴大地精靈領地首都修練場所學會的「拳術」技能。雖然沒有裝備專用的拳套系武器所以沒什麼威力，但已經比完全沒有技能時多出了暈眩效果。

「咚」一聲後，左拳便感到一陣衝擊，而絕劍也因為驚訝而瞪大了眼睛。

這是最初也是最後的機會。亞絲娜毫不猶豫地發動名為「四重痛楚」的四連擊劍技。細劍散發出刺眼的紅光，接著她的右手便自動被系統向後拉，隨即像閃電般劃過空氣。

亞絲娜相信自己的攻擊一定會命中。因為對方的身體已經失去平衡，距離上來說也已經不可能迴避了。

將右手交由系統輔助加速後，亞絲娜朝絕劍臉上看去。此刻她的背部卻竄過一股戰慄感。

絕劍雖然瞪大了眼，但紅紫色眼珠裡卻沒有驚慌之色，瞳孔的焦點對準了細劍尖端。

她能看見這次的突刺嗎——？

當亞絲娜這麼想的瞬間，絕劍的右手一閃。

亞絲娜手裡的細劍連續發出四道類似碰上旋轉磨刀石般的粗糙摩擦聲。亞絲娜的四連擊被精確地朝上下左右彈開，沒有一發擊中對手的身體。在亞絲娜眼裡，只看見絕劍手中黑色長劍留下宛如薄墨般的殘像。

最後一擊被架開之後，亞絲娜就在右手依然前伸的狀態下，開始了零點幾秒——但已經足以帶來絕望——的僵硬時間。當然，絕劍不可能放過這個空檔。

「咻」一聲往回拉的黑曜石劍還帶著藍紫色的光芒。

是反擊劍技——！

「呀！」

有紀在這場比賽中首次發出充滿英氣的呼喝聲。緊接著，一記就算不是處於僵硬狀態也很難避過的直刺擊中亞絲娜左肩，然後直接往右下方發展成讓人喘不過氣的五連擊。所有攻擊都漂亮命中亞絲娜的身體，讓她的ＨＰ條急速減為黃色。在亞絲娜印象中，單手直劍體系裡沒有這樣的劍技，那這應該就是「原創劍技」了。竟然能創出有這種速度的五連突刺技——

當亞絲娜茫然地思考時，有紀已經將依然帶著鮮豔光影效果的劍高舉到了左上方。

原來不是五連擊就結束，招式還要繼續下去。好不容易才從僵硬狀態中恢復過來的亞絲娜，心頭產生了今天第三次的戰慄感。

若再承受同樣的五記突刺，ＨＰ一定會歸零。話雖如此，她現在也已經無法躲開攻擊了。與其無謂地嘗試逃走而放空背部給對手的劍，倒不如賭上最後一點可能性。亞絲娜將力道灌注在持細劍的右手上，再次發動了劍技。這是她唯一成功創造出來的ＯＳＳ五連擊技。她將

其命名為「星屑淚光」。

紅藍的炫目閃光彼此交錯。絕劍的劍尖配合著剛才的五連擊，由亞絲娜右肩往左下方描繪出一個X字型。

但亞絲娜的細劍這次也擊中了絕劍的身體。五道劍尖依序在黑色鎧甲上刺出一個小小的星形圖案。

雙方的五連擊結束之後，瞬間的寂靜降臨到兩人之間。雙方都沒有倒下。

絕劍的HP這時也減少了一半，到達了黃色區域。而亞絲娜的HP雖然進入紅色區域，但還殘留了最後一點而未歸零。從SAO繼承角色檔案的亞絲娜，HP甚至比ALO的老玩家還要高。從驚人的十連擊幾乎將其消耗殆盡這點來看，就能知道絕劍的OSS威力有多麼驚人……

不對。有紀的長劍依然散發出藍紫色光芒。她的劍技還沒有結束。

再次拉回的劍，已經瞄準了亞絲娜胸口，也就是X字型傷害效果光的交叉點。

十一連擊。

也就是說，這正是絕劍拿來當成賭注的奇蹟OSS嗎？亞絲娜在心中這麼感嘆著。

除了擁有無與倫比的威力與速度之外，它還是相當漂亮的招式。敗在這樣的劍技之下，自己也沒有什麼遺憾了。亞絲娜在心裡這麼低語，等待對方刺下致命的一擊。

這時以猛烈來勢朝亞絲娜攻去的第十一擊——就在即將貫穿亞絲娜身體、將她的ＨＰ消耗殆盡前，忽然停了下來。被強制中斷的系統輔助力量伴隨著巨大閃光與衝擊聲朝四處爆散，連周圍的雜草也都呈放射狀倒了下去。

「——？」

就在啞口無言的亞絲娜面前，絕劍放下了武器，接著像想起什麼事情般迅速朝對手走去。她用左手輕拍了一下亞絲娜的肩膀，臉上再度浮現出耀眼笑容，然後以充滿活力的聲音說：

「嗯～太棒了！就決定是這位大姊了！」

「什……咦咦……？」

亞絲娜完全不知道是怎麼回事，只能發出驚慌失措的聲音。

「那、那個……決鬥的勝負呢……？」

「戰到這裡我已經很滿足了，還是說大姊妳想戰到最後？」

對方笑著這麼問，亞絲娜當然也只能搖搖頭。說起來，要不是絕劍停下最後一擊，亞絲娜的ＨＰ早就歸零了。

這個講話帶著男孩子氣的少女，很高興地點頭並繼續說道：

「我一直在找能讓我有感覺的人。現在終於找到啦！大姊，妳等一下有空嗎？」

「嗯嗯……是沒什麼事啦……」

「那跟我到一個地方去吧！」

絕劍有紀以輕鬆的聲音說完便收劍回鞘，接著又迅速伸出右手。亞絲娜也先把劍回鞘，然後畏畏縮縮地握住對方的手。

這時候，有紀忽然撐開背部，輸入展開翅膀的身體指令。蝙蝠形的半透明翅膀一出現，她的身體就浮了起來。

「嗯，那個……」

亞絲娜連忙跟著撐開肩胛骨，張開翅膀後往地面一踢。有紀再度笑了一笑，直接握著亞絲娜的手轉過身子，像火箭般開始急速上升。

「等等，妳要去哪裡啊，亞絲娜！」

下方傳來的尖銳聲音讓被往前拉的亞絲娜回頭看，立刻就發現表情有些驚訝又有些無奈的莉茲貝特把右手放在嘴邊大喊。莉法、西莉卡以及坐在桐人頭上的結衣雖然也是一臉訝異，但黑衣守衛精靈卻像是早料到會有這種發展般露出平穩的笑容。

這樣的表情給了亞絲娜不少勇氣。她也對桐人笑了一下，然後用力吸了口氣。

「那、那個……我之後會跟你們聯絡！」

剛對著莉茲貝特這麼叫完，前方有紀的雙翅便發出紫色光芒往前猛衝。亞絲娜的右手被往前一拉，隨即也拚命振動背後的翅膀，跟在這充滿謎團的少女劍士後面。

絕劍一直線往南飛過第24層的廣大湖面上空，毫不猶豫地衝出艾恩葛朗特外圍開口部分往外面的天空飛去。

「哇噗！」

瞬間，濃密雲塊便撲向亞絲娜的臉。在滿是白色的空間飛行了幾秒鐘後，雲層忽然散開，一望無際的蔚藍天空隨即在她們眼前展開。

視野正面的遙遠下方，可以看見一個綠色圓錐狀物體突破雲層出現在天空當中。那正是矗立在阿爾普海姆中央的世界樹樹梢。再往正下方看去，則可以稍微窺見藍色的模糊地表。由那缺了一塊的圓弧形海岸線及浮在岸邊的正圓形島嶼來判斷，現在艾恩葛朗特似乎正飛過水精靈族領土「弦月灣」的上空。

當亞絲娜有了「究竟要上哪兒」的念頭時，前頭的絕劍忽然九十度轉彎開始垂直上升。

追著她轉過身子後，立刻就能看見艾恩葛朗特的巨大身軀成為屹立在數十公尺前的峭壁。即使已經飛過了數個高達一百公尺的樓層，絕劍依然持續朝更高處前進。

——只不過，在巨大浮遊城裡只有已經攻略完畢的樓層才能自由進出其外圍部分，未攻略樓層的外圍則是禁止通行區。亞絲娜開始有點擔心，她原本開口準備跟絕劍確認這件事，但在吸氣時對方就再次九十度轉彎改變了前進方向。

絕劍的目標似乎是第27層。如果亞絲娜沒記錯，這裡就是目前的最前線。在穿越長滿青苔的外壁縫隙並衝進浮遊城內部後，周圍忽然整個暗了下來。

艾恩葛朗特第27層是永遠黑暗的王國，外圍開口部分極端稀少，連白天也沒有什麼陽光。內部有好幾座隆起的高大岩山直接碰到上層底部，隨處可見的水晶六角柱全都散發出朦朧的藍色光芒。整體來說，這裡給人的印象近似阿爾普海姆北方的大地精靈領土——地底世界。

與守衛精靈同樣有優秀夜視能力的闇精靈少女，就這樣拉著亞絲娜的手流暢地穿梭於岩山之間。前方時常有飛行怪物「石像鬼」的集團出現，但她似乎不打算戰鬥，只是巧妙地避開敵群的搜敵範圍並不斷前進。

她們最後飛進了出現在眼前的深邃峽谷。再以低速飛行一分鐘左右，呈圓形的開闊谷底便有一座小小的城鎮現身。那是第27層的主街區，名字應該是叫做「隆巴爾」。

這座像是把岩塊整個挖出來一般的城鎮裡，除了有許多狹窄的巷弄及階梯複雜地交錯在一起之外，還有照耀出一切景色的橘色燈光。在寒冷的夜晚裡，宛如篝火的橘光讓人看了有種安心感。

有紀與亞絲娜在空中拖曳著紫色以及藍色的軌跡，朝城鎮中央的圓形廣場降落。

當證明她們已經來到街區的平穩ＢＧＭ傳到耳裡，鼻子也稍微可以聞到些微的燉肉香氣時——她們的鞋底已經踏在石頭地板上了。

亞絲娜「呼」一聲喘了口氣，接著便打量起周圍的環境。隆巴爾設計成夜之精靈們的街道，所以沒什麼巨大建築物。裡頭滿是藍色岩石建造的小小工房以及商店、旅社等，而橘色油燈所照出來的光景，更讓此地同時具有幻想世界的美感及夜間慶典的熱鬧。

在舊ＳＡＯ時期，這層的攻略雖然花了玩家不少時間，但由於主街區裡沒有什麼重要設施，所以玩家聚集在這裡的時間相當短暫。亞絲娜也只在這裡停留過幾天而已。

但這裡終究是現在的最前線，所以有許多全副武裝的玩家在這裡昂首闊步，他們每個人身上都散發出不好惹的強者氣息。亞絲娜看見這幅景象，心裡忽然有種懷念與苦澀交雜的感慨。

亞絲娜為了買下森林小屋，直到第22層為止都積極參加最前線攻略，但在達成目標之後就幾乎沒參與魔王攻略戰了。她認為應該讓新加入浮遊城冒險生活的玩家們體驗一下「拓荒」時的滿足感，而且待在最前線偶爾會想起一些不好的回憶。

她閉上眼睛，輕輕搖頭甩開感傷，接著又朝絕劍看去。

「那個……妳為什麼要帶我來這裡？這個城鎮裡有什麼東西嗎？」

問完後，闇精靈少女便笑著再度握起亞絲娜的手。

「在說正事之前，我先介紹我的夥伴給妳認識吧！來這邊！」

「啊，等……」

絕劍立刻往前跑，亞絲娜也追著她奔進其中一條由廣場呈放射狀往外延伸的小巷。

兩人登上又跑下小小的階梯，接著奔過橋、鑽過隧道，最後來到一間看起來像旅館的小店前面。她們跨過吊著有「ＩＮＮ」文字與大鍋子圖案鑄鐵看板的門口，直接經過打瞌睡中的白鬍子ＮＰＣ店主身邊，走進深處的酒館兼餐廳。就在這時——

「有紀，歡迎回來！妳找到了嗎？」

一道興奮的少年聲音迎接兩人到來。

酒館中央的圓桌前坐著五名玩家，目前店裡也沒有其他人在了。絕劍迅速走到他們身邊，然後轉頭看向亞絲娜。她將右手往旁邊一伸，挺起胸膛說：

「我來跟妳介紹。這是我的公會『沉睡騎士』的成員們。」

她說完後便半轉過身，換成以左手介紹亞絲娜。

「而這位大姊呢——」

她的話到此忽然中斷。有紀縮了縮脖子，大大的眼珠滴溜溜地轉動，俏皮地吐出舌頭。

「……抱歉，我還沒問過她的名字。」

五名玩家都以誇張的動作從椅子上摔了下來。看見他們的模樣，亞絲娜不禁噗嗤一笑，先行了個禮後才自我介紹說：

「大家好。我叫做亞絲娜。」

這時，亞絲娜面前最左邊的嬌小火精靈族少年立刻迅速站起身來。只見他晃著綁在腦袋後面的一小撮橘色頭髮，以充滿朝氣的聲音叫道：

「我叫阿淳！亞絲娜小姐，請多多指教！」

坐在他身邊的是位大地精靈族的巨漢。那頭到處亂翹的土色頭髮下方，有雙因為微笑而瞇起來的眼睛，讓他除了豪氣外更增添了點喜感。巨漢拚命將凸出來的肚子縮回去並低下頭，以緩慢的語氣報上名號。

「啊，那個～我叫做提奇。請多指教。」

跟著站起來的則是一位瘦削的小矮妖青年。他中分的黃銅色頭髮與鐵框圓眼鏡給人一種學生的印象。青年用力撐開小小的圓眼睛，恭敬地鞠了個躬後，不知道為什麼臉開始紅了起來。

「我、我的名字叫做達爾肯。請、請多多指教……好痛！」

語尾之所以會變成哀嚎，是因為坐在他左邊那位女性玩家用靴子狠狠地踹了他的小腿。

「拜託！達爾你改一下害羞的個性好嗎！一到女孩子面前就變成這副德行怎麼行！」

以充滿活力的聲音說完後，女性便讓椅子發出「喀噠」一聲並站了起來。她對著亞絲娜露出最燦爛的笑容，搔著她那像太陽光般擴散開來的黑髮說：

「我是小紀。很高興能見到妳，亞絲娜小姐。」

從那身淺黑色肌膚以及灰色翅膀，可以判斷出她應該是守衛精靈；但濃眉大眼的外表與魁梧的體格卻不太像是守衛精靈族擁有的特徵。

最後一名成員，則是和亞絲娜同屬水精靈族的女性玩家。近似白色的水藍頭髮長及雙肩，細長睫毛下方的深藍眼珠散發出穩重的光芒。那又長又挺的鼻樑、嬌小的嘴唇以及讓人大吃一驚的纖細身體，全都符合水精靈族給人的印象──以治癒能力見長。

女性以輕柔的動作站起身，接著以平穩又充滿智慧的聲音開始自我介紹。

「妳好。我是朱涅。謝謝妳撥空前來。」

「然後呢──」

最後跳到五人右邊的絕劍，閃爍著一雙紫水晶色的眼睛光芒說道：

「我就是這個公會的會長有紀！亞絲娜小姐……」

她大步走到亞絲娜身邊，用力握住她的手。

「我們一起加油吧！」

「那個……要加油做什麼？」

忍住笑的亞絲娜這麼問道，而絕劍──有紀則是嚇了一跳，接著才再度吐出舌頭說：

「對了，我什麼都還沒說明哦！」

「碰咚！」看見五個人再度從椅子上摔下來之後，亞絲娜終於忍不住大笑了起來。她捧腹笑了好一陣子，而有紀以及其他五個人也發出了爽朗的笑聲。

亞絲娜拚命將笑意吞進肚子裡去，然後再次環視了一遍「沉睡騎士」的成員——這時她背部忽然感到一陣寒意。

這些人全都是相當厲害的玩家。光是看見他們舉手投足的平順動作，亞絲娜就能判斷出這一點。六個人都很習慣在完全潛行環境下操縱遊戲角色。只要拿起武器，恐怕他們所有人都能發揮出與絕劍相仿的實力。

別說亞絲娜了，桐人和莉茲貝特等人應該也不知道還有這麼一個超強集團的存在。如果其他人也跟絕劍一樣是從別的ＶＲＭＭＯ轉移過來，那他們在原本的世界裡應該是個相當有名的公會才對。

究竟是什麼原因，讓他們願意捨棄熟悉的角色與所有道具而轉移到ＡＬＯ來呢……當亞絲娜這麼想時，好不容易停止發笑的有紀開始搔起綁有紅色髮帶的頭，然後很不好意思地說：

「抱歉，亞絲娜小姐。沒告訴妳理由就把妳拖到這個地方來。因為好不容易找到跟我差不多強的人，一時太過興奮才會……那麼我現在重新拜託妳！請妳務必要助我們一臂之力！」

「助你們……一臂之力？」

納悶的亞絲娜重複了一遍對方的話，腦袋裡同時浮現好幾種可能性。

應該不可能只是單純要她幫忙賺取金錢、道具或是技能點數吧。這種戰力完整的公會，就算再加入亞絲娜一個人應該也不會有多大的改變才對。

同理，他們應該也不是為了獲得某種稀有道具或玩家小屋才對。與得花上高額金錢才能獲得情報的舊ＳＡＯ世界不同，目前已經有許多記載著ＡＬＯ攻略情報的免費外部網站。只要參考這些情報，遲早能獲得大部分的道具。

唯一的可能，就是絕劍從亞絲娜身上追求的「強」並非單純的數值，而是所有關於戰場上應對進退的作戰知識吧。但需要這種知識的對手並非怪物——而是其他玩家。再加上她介紹亞絲娜給自己的公會成員認識，就能知道絕劍不是要進行之前在第24層小島上那種一對一單挑，而是集團之間的大規模戰鬥——簡單來說，就是與某個公會展開沒有規則的血戰。

一想到這裡，亞絲娜只能輕咬了一下嘴唇，然後開口說：

「那個……如果是要我幫忙和其他公會作戰，請恕我婉拒你們的邀約……」

無論是比賽形式的大會，或是不按照系統規則的玩家間對決，事後都會留下感情的糾葛。當然，只有少數玩家會因為一時的衝突而長時間怨恨對方，但亞絲娜還是無法否定這會為自己和周圍友人帶來麻煩的可能性。

因此，就算在練功區裡遇上不講理或違反遊戲禮節的行為，亞絲娜也不會對玩家拔劍。

她正準備簡單說明自己的原則而繼續開口，絕劍卻只是瞪大了眼並用力搖頭表示：

「不，我們沒有要和其他公會作戰。其實呢……呃……或許妳會笑我們也說不定……」

絕劍忽然相當靦腆地低下頭，吞吞吐吐說不出話來。好一會兒後，她才又抬起眼睛看著亞絲娜，說出了對方完全沒想過的要求。

「……那個，我們是想要打倒這一層的魔王。」

「什……什麼？」

這下子完全出乎亞絲娜意料，令她驚叫出聲。原本以為對方會說出比公會戰爭更加恐怖的目的，結果竟然只是攻略魔王這種極為普通且正經的目標。目前逗留在最前線的所有玩家，應該都想著這件事才對。

「魔王……指的是迷宮區最深處的那個傢伙嗎？不是隨時間經過就會重新湧出的那種？」

亞絲娜確認了一下，而有紀則是深深點了點頭。

「嗯，沒錯。就是只能打倒一次的怪物。」

「嗯……這樣啊，魔王嗎……」

亞絲娜看著其他五名公會成員，他們眼裡全都充滿期待的光輝，靜靜地等待答案。

所有說，有紀等人是希望亞絲娜加入他們專門打倒樓層魔王的「攻略組公會」？還是希望有人教剛轉移到這世界而沒有任何人脈的他們如何加入老玩家集團裡——是這樣嗎？

「這個嘛……嗯……憑絕……不對，應該說憑有紀你們的強度……」

雖然事情發展令人意外，但亞絲娜在眨了幾下眼之後便改變想法，重新考慮起實際的可能性。目前於艾恩葛朗特最前線進行攻略的玩家中，ＡＬＯ的老手佔了八成左右，由舊ＳＡＯ回歸的玩家則佔了兩成。目前雖然已經不分彼此，組成了許多參雜著ＡＬＯ成員與ＳＡＯ成員的攻略公會，但剛改版時兩者之間其實處得不大愉快。因為一邊是AmuSphere最早發售的遊戲，而另一邊則是ＶＲＭＭＯ裡最古老的遊戲，所以無論是「精靈」還是「劍士」們都有強烈的自尊心。就連亞絲娜本身也是如此。

在這種情況下，即使忽然有從別款遊戲轉移過來的集團忽然提出「讓我們加入」的要求，也不可能輕易就接受——但是「絕劍」有紀的強度早已超乎常人。如果其他五人也有差不多的實力，那麼只要將其表現出來，或許……

「這個嘛……這層迷宮區的地圖似乎已經拓展到魔王的房間附近了，雖然不知道能不能忽然就讓我們參加魔王攻略戰，但如果這回不行，只要由下一層從頭開始幫忙攻略，以有紀小姐你們的實力，應該很有機會被選為進入魔王房間的聯合部隊成員才是……不過一個部隊的人數上限是四十九個人，所以不一定會六個人全部入選就是了……」

亞絲娜一邊思考一邊說到這裡時——

在她正面的有紀似乎有些靦腆地縮起脖子，然後說出完全超出亞絲娜想像力的話：

「那個……這跟我們的目標有些不同。我們不是要混在大集團裡……而是想只靠我們加上亞絲娜小姐，一共七個人來打倒魔王。」

「……咦、咦咦——？」

亞絲娜自從被帶到這裡之後所發出的最大叫聲，響徹了整個房間。

她這麼驚訝的理由其實相當簡單。

配置在新生艾恩葛朗特裡守護各樓層的魔王怪物，已經強化到連ＳＡＯ的原版怪物都比不上的程度。當然由於遊戲系統有了大幅變更，所以不該如此單純地比較，然而舊時代的魔王們幾乎只要慎重擬定作戰計畫，就可以在沒有任何人死亡的情況下攻略成功；反觀新魔王們卻都能靠著超強力的普通及特殊攻擊，將面對他們的玩家像蒲公英的綿毛般輕鬆吹走。這些魔王的力量，可以說已經到達不合理的地步了。

因此，攻略魔王的策略當然也得有所改變才行。盡量募集到達人數上限的聯合部隊，在必定會有許多死者出現的情形下盡可能增加補師人數。與其犧牲一個人來換取10點損傷，倒不如十個人確實給予魔王11點傷害。亞絲娜參加魔王攻略戰只到第21層為止，但就連這樣的低樓層都時常聽說七組七人小隊總共四十九人的聯合部隊全軍覆沒。

隨著樓層上升，魔王當然也會跟著增強。雖然聖誕節改版開放的第20到29層已經攻略到後半段了，但聽說這層下方的第26層，也是由好幾個大型公會選拔出精銳成員才好不容易攻略下來的。

也就是說，就算有紀他們幾個人實力堅強，單單加上亞絲娜一個人，還是很難光靠七人之力來打倒魔王怪物。

亞絲娜以委婉且簡短的方式向他們說明這種情況。

「……因此……我覺得光靠我們七個人實在有點困難……」

說到這裡，有紀等人便面面相覷，接著不知道為什麼害羞地笑了起來。最後，有紀代表眾人開口說：

「嗯，我們也知道很困難。其實我們已經挑戰過第25層與26層的魔王了。」

「咦──！就……就你們六個人？」

「沒錯。我們已經相當努力了……但最後ＭＰ與回復藥水還是不足。當我們在想辦法時，魔王就被龐大的集團打倒了。」

「這……這樣啊……看來你們是認真的……」

亞絲娜再度緩緩看向六個人的臉。

這確實是相當有勇無謀的挑戰，但亞絲娜其實不討厭他們這種氣概。習慣網路遊戲的玩家，馬上就會把事情分為辦得到與辦不到兩種。在亞絲娜眼裡看來，「沉睡騎士」成員們這種強烈的挑戰心可以說相當新鮮──而且讓人有點懷念。

「但是……為什麼？為什麼不和其他公會一起努力，而選擇單獨打倒魔王呢？」

當然，若只靠一個公會打倒魔王，可以獲得大量金錢與許多稀有道具。但亞絲娜總覺得這六人應該不是出於這種動機下的決定。

「那個……其實呢……」

有紀張大紫水晶顏色的眼珠，忸忸怩怩地想要說些什麼。

但是她卻發不出聲音。只能以焦急的表情讓嘴唇開開闔闔，不知道該怎麼開口解釋才好。

這時站在有紀旁邊的高銚水精靈，也就是名為朱涅的女性開口解救了她的困境。

「那個，就由我來說明好了。不過在那之前，還是先請坐吧。」

包含亞絲娜在內的七個人全都坐到桌前，當ＮＰＣ女服務生將他們點的飲料放到桌上時，朱涅便把纖細的十根手指交握並放在桌上，接著以沉穩的聲音開始說道：

「我想亞絲娜小姐應該也已經察覺了才對，我們幾個不是在這個世界裡認識的。我們是在遊戲外的某個網路社群相遇……然後馬上就覺得志同道合而成為朋友。認識到現在……大概有兩年的時間了。」

她的睫毛依然低垂，像是想起什麼事情般停頓了一瞬間。

「他們是最棒的夥伴。我們一起走過許多世界，進行了許多冒險。但很可惜的是，我們能一起冒險的時間可能只到今年春天為止。因為大家……都會變得相當忙碌。因此我們便決定在隊伍解散之前，要做一件能永遠留在大家記憶裡的事。我們要在無數的ＶＲＭＭＯ世界裡，找出最快樂、最美麗、最讓人興奮的世界，然後在那裡合力完成一件事情。於是我們不斷進行轉移，最後到達的就是這個世界。」

說到這裡，朱涅便依序看著自己的夥伴。阿淳、提奇、達爾肯、小紀、有紀等五個人各自以閃亮的表情用力點頭。而朱涅也就微笑著繼續說道：

「這個世界——精靈國度阿爾普海姆以及浮遊城艾恩葛朗特，都是很棒的地方。我們所有人一起飛過美麗的街道、森林、草原、世界樹——以及這座城堡，這全都是無法忘記的回憶。我們只剩下一個願望……就是在這個世界裡留下足跡。」

微閉的眼瞼下方，能看見朱涅那對藍色瞳孔閃著認真的光芒。

「如果我們能夠打倒魔王，就可以在第1層『起始的城鎮』的黑鐵宮裡那塊『劍士之碑』上留名。」

「啊……」

亞絲娜瞬間瞪大眼睛，接著用力點點頭。確實，打倒魔王的玩家姓名會記錄在黑鐵宮裡。她自己也在第21層的欄位上留下了姓名。

「那個……要說這是為了自我滿足也沒關係，但我們無論如何都想在那塊碑上刻下名字。不過目前有一個問題——如果打敗魔王的只有一隻隊伍，那麼該隊所有人的名字都會刻上去；但如果是複數隊伍，那麼就只會留下隊伍領袖的名字而已。」

「對……對哦。妳說的沒錯。」

亞絲娜回想著黑鐵宮內部的情景，點頭同意。

由於「劍士之碑」是假想世界內的３Ｄ物件，所以面積終究有其限制。而艾恩葛朗特又多達一百層，當然也就沒有足夠空間留下所有樓層攻略者的姓名。每一層最多只能留下七個玩家的名字。因此正如朱涅所言，如果單一隊伍打倒魔王就能全員在石碑上留下姓名，但如果是聯合部隊，就只有隊伍的領袖能留下名字。

朱涅彷彿特別等待亞絲娜理解般頓了一下，才輕輕點了點頭繼續說：

「換言之，要在碑石上留下『沉睡騎士』所有人的名字，就只有靠單一隊伍來打倒魔王這個方法了。我們在第25與26層時都很拚命，但最後還是功虧一簣……於是我們大家商量之後便做出這樣的決定。由於隊伍上限是七人，所以我們還有一個空位。這聽起來有點狂妄，但我們決定找出與我們當中最強的有紀相同或比她更強的人，並且試著請對方加入我們。」

「這樣啊……原來是這麼一回事。」

亞絲娜呼出憋在胸中的一口氣，將視線移往白色桌布表面。

在「劍士之碑」上留下姓名。她能理解這個願望。

其實不僅是ＶＲＭＭＯ，只要是網路遊戲通常都需要玩家花費大量的時間，所以有許多人在春天時會因為升學或就業等因素而引退。屆時，持續許多年的親密公會也只能解散了。想把回憶刻劃到與世界同在的紀念碑上，也是理所當然的事。

不要說別人了，就連亞絲娜自己也不知道能夠持續玩ＡＬＯ到什麼時候。要是母親採取比目前更加強硬的態度，或許會禁止她使用AmuSphere也說不定。如果所剩時間不多，必然會希望能把握接下來的每一分每一秒，這點她完全能體會。

「……如何？願意接受我們『沉睡騎士』的委託嗎？我們才剛轉移到這裡而已，可能沒辦法給妳足夠的謝禮……」

當朱涅為了亮出報酬而準備操縱視窗時，亞絲娜便用雙手制止了她。

「啊，不用了，接下來一定得花許多經費，所以還是把手邊的錢用在這上面吧。報酬就等打倒魔王後再從戰利品中拿就……」

「這麼說，妳是答應囉？」

朱涅和五名同伴都非常地高興。亞絲娜依序看著他們的臉，內心還是忍不住想著「事情究竟為什麼會變成這樣」。一開始，自己只是對「絕劍」的傳聞稍微有點興趣而已，結果不知不覺間就被人由決鬥會場帶到最前線，然後介紹她給夥伴認識，最後甚至邀她一起打倒該樓層的魔王。而且這一切才不到一小時。

把亞絲娜拉進這宛如雲霄飛車般發展的罪魁禍首「絕劍」有紀，目前正睜大她紫水晶色的眼睛等待亞絲娜的答案。說起來，這確實是十分倉促且強人所難的要求，但這種出乎意料的相遇，也算是ＶＲＭＭＯ給人的樂趣之一。而且最重要的是——亞絲娜心底深處產生了一種朦朧但相當確定的預感。她相信，自己一定會和這群不可思議的劍士成為好朋友。

「那個……請稍等一下。」

正因為如此，自己也不能草率答應他們。亞絲娜做了個深呼吸，把視線固定在桌面的玻璃杯上，讓稍微陷入混亂狀態的腦袋冷卻下來。她排除了內心的困惑與驚訝之後，再度仔細考慮起有紀他們遠大的目標。

在遙遠的過去，亞絲娜曾擔任過目前已不存在的公會副會長，在多場魔王攻略戰裡站在前頭指揮作戰。

她也曾和其他攻略公會與獨行玩家就魔王的攻擊模式以及弱點進行數小時的討論辯駁，當人員不足時甚至還曾跪地乞求別人的幫助。之所以會做到這種地步，都是因為那個世界裡有不能破壞的絕對條件，也就是不能讓任何犧牲者出現。

但現在已經完全改變了。這個精靈國度裡，玩家所被賦予的唯一權利與義務就是盡情享受遊戲。若因為沒勝算而打從一開始就放棄嘗試，那還能夠享受這款遊戲嗎？有紀他們已經憑六個人的力量挑戰了第25、26層的魔王，而且還差點就獲得勝利。

與其在這個地方擔心失敗，倒不如拋開一切去挑戰看看。亞絲娜感覺自己已經有好一段時間沒有嘗試過這種橫衝直撞的遊戲方式了。反正全滅也不過損失一些經驗值而已。

「……那我們試試看吧。成功率就先把它擺在一邊。」

亞絲娜抬起臉來，露出惡作劇般的微笑說道。

霎時，有紀那惹人憐愛的臉龐便出現耀眼的笑容。在其他五名同伴的盛大歡呼聲中，她整個人探出身子，以雙手緊緊包住亞絲娜的右手。

「謝謝妳，亞絲娜小姐！從一開始交鋒時，我就知道妳一定會答應我們的！」

「叫我亞絲娜就可以了。」

她微笑著這麼回答，結果有紀也同樣笑著大叫：

「那妳也叫我有紀就好！」

按照順序與爭先恐後伸出手的五個人進行過堅定的握手儀式，並且以加點的大杯子喊完乾杯後，亞絲娜便向有紀提出忽然浮現在腦海裡的疑問。

「話說回來……有紀……妳不是藉著單挑來尋找厲害的玩家嗎？」

「嗯，是啊。」

「既然如此，在我之前應該妳還遇見過不少實力堅強的人吧？尤其是那個全身穿得黑漆漆，使一把單手直劍的守衛精靈。妳不記得了嗎？我想，那個人應該比我更能幫上你們的忙才對……」

「啊……」

光是這樣說，有紀便立刻想到亞絲娜指的應該是桐人了。只見她不斷點頭，卻不知道為什麼雙手抱胸並露出一副為難的表情。

「嗯，我還記得，那個人確實很強。」

「那……妳為什麼不找他幫忙呢？」

「嗯……」

有紀很難得地沉吟了一陣子，接著才露出不可思議的笑容。

「那個人不行。」

「為……為什麼？」

「因為他發現我的秘密了。」

由於有紀與朱涅等人看起來都不想提及這件事，所以亞絲娜也沒追問下去。有紀嘴裡所說的「秘密」，應該是與絕劍為何這麼強有關，而亞絲娜實在想不出桐人究竟注意到了什麼。

當亞絲娜還在納悶時，小矮妖族的達爾肯便像要轉移話題般推了推圓眼鏡說道：

「那麼……我們應該要怎麼攻略魔王比較好呢？」

「啊……這個嘛……」

把卡在喉頭的疑問隨著杯子裡的水果酒一起吞下去後，亞絲娜才豎起食指說：

「首先最重要的，就是要確實把握魔王的攻擊模式。該迴避的時候就迴避，得防禦的時候就防禦，而需要進攻時便全力發動攻擊，這麼一來就可能有機會獲勝。問題在於我們要怎麼獲得魔王的相關情報……詢問專門攻略魔王的大公會多半也沒用。我想，得冒著全滅的危險先去挑戰一次才行。」

「嗯，我們都可以配合唷。只不過……上一層以及上上一層的時候，魔王都是在我們全滅後就馬上被其他公會給攻略了。」

有紀說完便露出沮喪的表情，結果桌子對面的火精靈族少年阿淳便皺起鋸齒狀的眉毛說：

「三小時後我們重新衝過去時，攻略已經結束了。可能是我想太多……不過，他們好像是專程等我們失敗之後才進攻的……」

「這樣啊……」

亞絲娜把手放在嘴邊，考慮了起來。

最近確實聽說了許多關於攻略魔王時產生糾紛的謠言。而主要內容大都是大公會做出了過多的規範，但他們真的會注意到這種才六個人的小公會頭上來嗎？不過，這也算是個不容忽視的情報。

「嗯～總之我們先做好一被全滅就能馬上再挑戰的準備吧。大家什麼時候比較有空呢？」

「啊，抱歉。我和達爾肯晚上不行。明天下午一點開始如何？」

魁梧的守衛精靈小紀搔著黑髮很不好意思地說著。

「嗯，我沒問題。那明天下午一點在這間旅館裡集合可以嗎？」

面對嘴裡說著「ＯＫ～」、「了解」的諸位「沉睡騎士」成員們，亞絲娜以最大的音量這麼說道：

「——一起加油吧！」

雖然有紀臉上出現依依不捨的表情，嘴裡還不停地道謝，但亞絲娜還是拍了拍她的肩膀並離開旅館，準備回到莉茲貝特等人的身邊。亞絲娜心裡興奮地想著，如果把這件事告訴莉茲等人，他們一定會很驚訝才對，接著少女便快步朝著隆巴爾中央廣場的「轉移門」走去。

她循著有些曖昧的記憶穿過窄巷，當熱鬧的圓形廣場好不容易出現在眼前時……

「噗滋」一聲過後，整個世界就像失去電力般瞬間變成一片漆黑。視覺和聽覺完全被阻斷的亞絲娜頓時陷入無盡的黑暗當中。

4

宛如被人丟進無底洞一般的急速下墜感。

天地的方向忽然轉了九十度，背後還感覺到一股強大的壓力。少女只能咬緊牙關，忍受五感迴路被粗暴地再度接上的衝擊。

眼皮抽搐了兩、三下後，她才好不容易睜開滲出淚水的雙眼，房間天花板模糊地出現在視野中。

到了這時，背部才終於再度感受到床墊那種熟悉的柔軟觸感。隨著短促的呼吸，混亂的神經系統也開始慢慢恢復正常。

到底是怎麼回事？是瞬間停電？還是AmuSphere發生了故障——明日奈心裡這麼想著，最後又做了一次深呼吸。當注意到空氣中有著不屬於自己的香水味時，她帶著狐疑的心情撐起上半身，接著啞然張嘴看著眼前的景象。

帶著嚴厲表情的母親就站在床邊，她的右手上還握著一根淺灰色的細線——原本連接在頭上AmuSphere DC端子的電源線。

了解到忽然斷線的原因在於京子拔掉AmuSphere電源後，明日奈終於忍不住氣憤地出聲：

「妳……妳幹什麼啦，媽媽！」

然而，京子只是皺著眉頭，無言地往北側牆壁上看去。明日奈也隨著她的視線看向牆上的時鐘，這時才發現時間已是六點三十五分。

看見明日奈緊閉嘴唇，京子這才開口說：

「上個月妳吃飯時間遲到時，媽媽就說過了吧？如果下次因為用這機器而遲到，我就要把電源拔掉。」

聽見這已經超越冷淡甚至帶點誇耀的語氣之後，明日奈反射性地想大聲辯駁。但她只是低下頭來拚命壓抑住這股衝動，然後才以低沉且顫抖的聲音說：

「……忘記時間確實是我不對，但妳也不用真的把電源拔掉啊。只要搖晃我的身體，或者是在我耳邊大叫，裡面就會有警報響起……」

「我之前那麼做，結果妳花了五分鐘才醒過來。」

「那是因為……還要移動以及跟別人打聲招呼等等的……」

「什麼打招呼啊？妳覺得在這種莫名其妙的遊戲裡跟人打招呼，會比真實世界裡的約定還重要嗎？晚餐馬上就會冷掉，妳不覺得這樣很對不起做飯的幫傭嗎？」

——就算在遊戲裡面，對方也是真實的人類啊；而且媽媽妳自己去大學的時候，還不是經常打一通電話回來就把所有的飯菜都處理掉了——明日奈腦袋裡閃過好幾種反駁的理由，但她卻只是再度低下頭，深深把顫抖的氣息吐了出來。最後從嘴裡冒出來的，只有短短一句話。

「……抱歉。我下次會注意。」

「沒有下次了。妳要是再因為這個而破壞約定，我就沒收妳的機器。說起來……」

京子稍微歪了一下嘴角，接著才瞥了一眼還戴在亞絲娜額頭上的AmuSphere。

「媽媽實在不了解妳。明明是這奇怪的機器害妳浪費了兩年重要的時光吧？妳難道不會覺得看見它就討厭嗎？」

「這和NERvGear不一樣……」

囁囁完後，明日奈便從頭上將雙重金屬圓環拿下來。雖然她想說明因為ＳＡＯ事件而使得目前的AmuSphere加了多少道預防機制，但馬上又覺得即使講了也沒用。而且就算使用的機器不同，ＶＲＭＭＯ遊戲害自己陷入植物人狀態兩年也是事實。在這段期間裡，京子一定很擔心，她和父親甚至都已經做出會失去女兒的心理準備了。所以，明日奈也能夠理解母親為何如此討厭這台機器。

明日奈一安靜下來，京子便深深嘆了口氣，接著轉往門口的方向。

「要吃飯了。快點換衣服到樓下來。」

「我今天不吃了……」

雖然對幫忙做飯的幫傭明代感到不好意思，但她實在不想跟母親面對面用餐。

「隨便妳。」

京子輕輕搖頭，接著離開了房間。門在發出「喀嚓」聲後便關上，明日奈隨即把手伸到控制面板上將空調設定成急速換氣模式。雖然想藉此將母親化粧水的氣味驅散，但它卻一直飄蕩在房間裡面。

和「絕劍」有紀以及她充滿魅力的夥伴們相遇後，殘留在心裡那種即將展開新冒險的興奮預感，這時已經像遭受太陽照射的雪球般消失得無影無蹤。明日奈起身打開衣櫥，找出膝蓋處有洞的破牛仔褲穿上。接著又套上厚綿套頭上衣，再加了件羽絨外套。全都是少數並非由母親幫她選購的衣服。

女孩迅速整理了一下頭髮，抓起背包與手機後快步走出房間。當她走下樓梯，在玄關穿上布鞋並準備推開厚重的門時，設置在牆壁上的整合控制系統面板便傳來尖銳的聲音。

『明日奈！這麼晚了妳要上哪兒去？』

但明日奈卻沒回答，只是趁母親利用遠距離操作上鎖之前先押下門把。雙開門開啟的瞬間，裡外兩側分別立刻伸出了金屬門閂，但明日奈還是搶先一步跑到外頭去了。帶著濕氣的冰冷夜風，霎時撲上她的臉頰。

明日奈快步繞過迴車道，由大門旁的出入口離開庭院，這才把憋在胸口的氣呼了出來。氣息變成白煙浮起，接著馬上消失。她把外套拉鍊拉到脖子處，並且將雙手伸進口袋，接著朝東急世田谷線宮之坂車站方向走去。

其實她沒有什麼想去的地方，只是想氣母親而衝出家門。當然明日奈本人也很清楚，這是相當小孩子氣的反抗方式。雖說牛仔褲口袋裡的手機有GPS追蹤機能，會把明日奈的所在位置傳送給京子。但她還是沒有勇氣不帶手機出門。少女對沒用的自己感到憤怒，心裡的無力感也因此更加強烈。

高樓林立的住宅區角落裡，有一座孤零零的兒童公園，明日奈走到這裡便停下腳步。她在入口的倒U字型金屬棒上坐下後，由口袋裡拉出手機。

手指在畫面上滑動，由聯絡人名單裡找出桐人——也就是和人的名字。手指雖然已放在撥號鍵上，但明日奈卻又緊緊閉起眼睛。

實在很想打電話給桐人，要他多帶一頂安全帽過來接自己。好想坐在那又小又吵但還算滿快的摩托車後座，雙手緊抱住桐人的腰，然後筆直奔馳在剛過完新年而人車稀少的幹線道路上。這麼一來，一定能像在阿爾普海姆裡全力飛行一般，讓腦袋裡的焦躁感立刻消失。

但如果現在跟和人見面，她一定會壓抑不住情緒而哭著向和人全盤托出可能得轉學、可能再也無法到ALO世界裡去等等。甚至會讓對方曉得自己從小只能循著規定的方向前進，卻無法做出任何反抗——也就是她一直以來所隱藏的弱點。

明日奈將手指從手機畫面上移開，靜靜按下休眠鍵。接著緊握了手機一下並放回口袋裡。

想變強。想擁有完全不會動搖的意志力。也想要擁有力量，能夠不依靠雙親，筆直朝自己希望的方向前進。

但同時心裡也有道聲音吶喊著「我想要變得軟弱」。不需要偽裝自己，想哭時就能盡情大哭的軟弱。需要人依靠時，能老實說出請保護我、請幫幫我的軟弱。

一片落下的雪花碰到明日奈的臉頰，隨即融化成水滴往下流。明日奈抬起臉，無言地看著朦朧光點由遠方灰白的夜空中持續落下。

5

「嗯～也就是說，有紀、阿淳、提奇是近戰前衛型，達爾肯與小紀則是中距離型，而朱涅是後方援護型對吧。」

亞絲娜將手指放在下巴上，環視全副武裝的「沉睡騎士」成員。昨晚剛認識他們時，所有人都穿著輕便服裝，現在則全員都穿戴上了傳說級的武裝。

「絕劍」有紀與昨天同樣是黑色半身鎧，手裡拿著劍身狹窄的長劍。火精靈族的阿淳則穿戴著看起來不太適合他矮小身體的赤銅色全身鎧甲，背上還有一把幾乎與他身高相等的大劍。

巨漢大地精靈提奇也同樣身穿厚重全身鎧，手上拿著一面有如門板的巨大塔盾。武器則是看起來相當沉重的戰槌。

戴眼鏡的小矮妖．達爾肯以珍珠色輕鎧甲包裹瘦削的身體，武器是長得驚人的槍。他身邊的大姊頭守衛精靈．小紀穿了一件沒有任何金屬材質、看起來像道服般的寬鬆布質防具，背上也扛著一根幾乎快頂到天花板的鋼鐵長棍。

而唯一的施法者——水精靈朱涅，則是一身僧侶般的藍白二色法衣，以及像法式奶油麵包一樣膨脹的圓帽子，左手還拿著一根細長的銀色法杖。整體來說，他們已經是個相當平衡的隊伍，若硬要說有什麼缺點，應該就是負責施放強化法術與回復的人太少了。

「看樣子，我也擔任後衛比較好吧。」

亞絲娜為了把腰間那把細劍換成提高魔力的短法杖而卸下劍帶，同時這麼說道。有紀不好意思地縮了縮脖子表示：

「不好意思哦，亞絲娜。妳的劍法明明那麼高超，卻得擔任後衛的工作。」

「沒關係，反正我本來就沒辦法當肉盾。不過，這下子可能得拜託阿淳跟達爾肯盡量擋住攻擊了，你們要做好心理準備唷~」

她笑著看向重裝備的兩個人。體格呈現強烈對比的火精靈與大地精靈搭檔互看一眼，接著同時拍著胸口的鎧甲說：

「嗯、嗯，交給我們吧。」

聽阿淳這雖然有氣勢但卻有點僵硬的台詞，所有人都愉快地笑了起來。

二〇二六年一月八日，禮拜三。

寒假最後一天的下午一點，亞絲娜按照約定再度來到27層主街區「隆巴爾」的旅館，與沉睡騎士全員再次見面。目的當然是為了挑戰守護本層迷宮區最頂樓的魔王。

亞絲娜知道，公會需要的並非數值上的戰鬥力，而是希望自己能提供讓所有人發揮力量的戰術。單純從數值上的力量來看，有紀他們每個人應該都比亞絲娜還要強。但亞絲娜擁有剛轉移到ＡＬＯ的他們所缺乏的知識與經驗。

因此，她便先在這裡確認成員的能力與武器防具等詳細情報，接著決定隊伍的基本陣形。決定擔任後衛的亞絲娜打開道具視窗，把從腰間取下來的細劍收納進去，接著拿出短杖。雖然這根前端留了一片葉子的樹枝看起來實在有些寒酸，但它其實是砍下世界樹最頂端樹枝所製成的珍品，還得先躲過巨大守護龍的猛烈攻擊才能夠入手。

「那麼……」

亞絲娜用指尖將棒子轉了一圈，微笑開口：

「我們就到魔王的房間看看吧！」

離開隆巴爾旅館的七個人，就這樣飛向永夜的天空。

看見他們不用輔助搖桿就能平順地任意飛行，讓亞絲娜更加佩服這些人的實力。這幾個人看起來根本不像是才剛轉移過來的玩家。與其說他們已經熟悉ＶＲＭＭＯ遊戲，倒不如說組成遊戲骨幹的完全潛行技術已是他們日常生活的一部分。雖然確實會有這樣的玩家存在，但在亞絲娜長時間的遊戲經驗裡，她也只認識以桐人為首的寥寥數人而已。

而現在一下子就有六名這種玩家聚在一起。到底是怎樣的經歷才讓他們組成這個公會呢？

仔細一想，會發現今天是一月八日，一般社會大眾已經開始上班上學。亞絲娜是因為學校課程排得十分寬鬆，所以第三學期是從明天才開始；但一般來說，公會所有成員在這種大白天裡聚集是件相當困難的事。

單純來想，他們可能是把現實生活裡的所有時間都花費在遊戲上的重度玩家。但亞絲娜總覺得他們應該不是這種人。沉睡騎士的成員身上，感覺不到那種公會常有的強烈自負感。他們每個人都很自然地享受遊戲所帶來的樂趣。

原本亞絲娜幾乎不會想到真實世界裡的玩家究竟是何許人，但當她開始這麼想時，前方飛行的有紀便忽然用同樣充滿精神的聲音喊著：

「可以看見迷宮區了！」

凝神一看，果然在連綿不斷的岩山後面出現了一座相當巨大的塔。圓筒狀的塔由地面筆直往上層部底面挺立。它的底部突出幾根足有一間小屋大的六角形水晶柱，上面散發的藍色燐光模糊地照耀著高聳的迷宮塔。塔的下部則可以見到敞開的黑色入口。

他們先在空中盤旋了一陣子，確認入口周圍有沒有怪物或其他玩家的身影。

當然亞絲娜已經跟莉茲貝特等人報告過今天這場「突發性的魔王攻略」活動。雖然大家都對「絕劍」這超乎想像的委託感到吃驚，但馬上就表示願意幫忙，老實說這讓亞絲娜覺得很高興。但有紀等人最主要的目的，就是創造與夥伴共同的回憶。而朋友們也馬上就察覺亞絲娜不希望事情引起太多人注目，於是大家在用身上所有的回復藥水塞滿亞絲娜的道具欄位後，便目送她離開。

關於這次的事件，打從一開始就神秘兮兮的桐人只是露出像在考慮什麼般的表情，然後便笑著鼓勵亞絲娜並安撫一直想跟過去的結衣。某種意義上來說，幫助其他公會其實有點算是背叛的行為，但朋友們卻還是這樣支持自己……亞絲娜在心裡感謝他們，同時從隊伍最後方朝著迷宮區緩緩下降。

腳一踏上藍黑色地面時，她便隨著其他六個人抬頭看向巨大的塔。若把舊ＳＡＯ的經歷算進去，亞絲娜可說已經不知道是第幾十次如此抬頭仰望這座高塔了，但那與從空中俯瞰時完全不同的雄偉外表，還是讓人覺得有壓迫感。

「……那我們就按照計畫，盡量避開與一般怪物的戰鬥並前進吧。」

亞絲娜說完，臉上終於出現嚴肅表情的有紀也無言地點點頭。所有人都把手往腰部或背後伸去，各自拔出了武器。

擅長魔法的水精靈朱涅高舉銀色法杖，連續詠唱了好幾種支援魔法的咒文。七名隊伍成員的身體都被效果光包圍，視野左上角——ＨＰ條下方——隨即有複數的狀態圖樣亮起。接著，守衛精靈小紀開始替所有人施加夜視魔法。亞絲娜雖然也會幾種支援魔法，但技能等級沒有朱涅那麼高，所以便把一切交給她負責。

準備結束後，他們又看了一次彼此的臉並點點頭，擔任前衛的有紀帶頭便踏入迷宮區。

當由入口開始就持續了好一陣子的天然洞窟變成設置有石頭地板的人造迷宮時，周圍溫度也明顯地下降，潮濕空氣開始吹拂過所有人的肌膚。就跟ＳＡＯ時代相同，寬廣的迷宮區內部還是一樣讓人非常頭痛，原野上出現的怪物等級根本無法跟這裡的相比。而且這兒跟阿爾普海姆地面上的迷宮群相同，裡面完全無法飛行。雖然眾人有事先跟情報販子購買地圖檔案，但最少也得花上三個小時才能到達魔王的房間吧。

亞絲娜原本是這麼想的——

一個多小時後，當一條寬廣的迴廊以及盡頭那扇巨大的門出現在眼前時，亞絲娜也不得不為有紀等人的實力感到驚嘆不已。雖然她自認已經對所有人的戰鬥能力有一定程度的了解，卻想不到這六個人的聯合作戰更是遠超出她的想像。他們根本不需要交談，光是一個小小的動作或手勢，就能在應該停步的時候停止，需要衝刺時立刻往前衝。亞絲娜幾乎只要跟在隊伍的最後方就可以了。途中只與怪物進行過三次戰鬥，而且他們每次都在亞絲娜的指示下瞬間幹掉敵方領袖，接著就趁敵群產生混亂時簡單地甩開怪物。

亞絲娜走在通往魔王房間的迴廊上，低聲對旁邊的朱涅說道：

「我在想……真的需要我加入嗎？你們好像根本不用我幫忙也沒有關係嘛……」

結果朱涅隨即瞪大眼睛，用力搖了搖頭。

「千萬別這麼說。就是因為有亞絲娜小姐的指示，我們才能避開所有陷阱，而且戰鬥次數也減少了許多。前兩次我們都與遭遇的怪物正面衝突，所以在到達魔王的房間之前就已經浪費了不少資源……」

「不、不過這也算很厲害了……啊，有紀，等等！」

亞絲娜以有些尖銳的聲音喊道，前衛的三人登時停下腳步。

通往魔王房間的長迴廊只剩下不到一半，刻有恐怖圖案的石頭大門細部也已到了肉眼可見的程度。迴廊兩邊雖然隔著一定距離就有一根圓柱，但包含陰影在內的四周，則完全看不見怪物蹤跡。

有紀與阿淳一臉疑惑地回過頭，但亞絲娜只是把食指放在嘴唇上，便凝神朝最後一根圓柱後面看去。

迴廊的照明，就只有圓柱上端壁龕裡火盆所發出的藍白色火焰而已。就算有小紀夜視魔法的輔助，還是很難看清楚晃動的石壁陰影。然而直覺卻告訴亞絲娜，視野中的部分影像有點奇怪。

亞絲娜揮手要有紀等人退下，接著舉起右手的短杖。她嘴裡迅速唸著有點冗長的咒文，同時將左手掌心抬到胸前。

詠唱結束時，手掌心上便出現了五隻胸鰭像翅膀一樣伸長的小魚。亞絲娜將藍色透明的魚拿到面前，朝著目標的方向輕吹一口氣。

小魚們馬上跳了起來，在空中筆直地向前游去。這是她為了識破隱身魔法所召喚出來的「追跡者」。五隻小魚分別由不同角度呈放射狀前進，其中有兩隻衝進亞絲娜注意到的搖晃空氣當中。

「啪」的一聲，藍色光芒登時擴散。追跡者隨之消滅，出現在前方的綠色空氣薄膜也馬上像溶解般消失了。

「啊！」

有紀發出驚訝的叫聲。剛才什麼東西都沒有的圓柱後方，突然出現三名玩家的身影。

亞絲娜迅速瞄了一下這幾個人的身形。裡頭有兩個闇精靈和一個風精靈，所有人都是配戴短劍的輕裝打扮。話雖如此，武裝的等級看起來倒是相當高。雖然不認識這幾個人，但他們顯示在彩色游標上的公會圖像亞絲娜倒是曾經見過——一面盾牌以及橫向的馬匹。這圖案屬於從第23層之後便不斷攻略迷宮區的知名大規模公會。

在迷宮區裡周圍沒有怪物的地方使用隱身術，可以知道對方一定不懷好意。常識上來說，這是ＰＫ經常使用的手法。亞絲娜為了預防對方的遠距離攻擊而再度舉起短杖，她身邊的有紀等人見狀也重新拿好武器。

但三人組之一卻出乎意料地急忙舉起手大叫：

「停手停手！我們沒打算戰鬥！」

他焦急的聲音聽起來不像是在演戲，但亞絲娜依然沒有解除戒備而回叫道：

「那就把武器收起來！」

結果他們三個人互看了一眼，立刻各自把短劍收進腰間的鞘裡。亞絲娜瞄了朱涅一眼，低聲對著她說：

「只要這幾個傢伙做出拔劍的動作，馬上就發動『流水縛鎖』。」

「知道了。哇，我還是第一次在ＡＬＯ裡對上玩家。真令人緊張。」

朱涅等人與其說是緊張，倒不如說是興奮不已；看見同伴們這副德行，亞絲娜也只能微微露出苦笑並再度轉向三人組。她朝對方走近了幾步，嚴厲地問道：

「如果不是ＰＫ……那你們躲在這裡究竟有何目的？」

再度和夥伴交換了一下眼神之後，看起來像隊長的闇精靈才回答：

「我們跟別人約在這兒。要是在夥伴來之前被Ｍｏｂ給盯上可就麻煩了，所以我們才會隱身。」

「…………」

聽起來雖然合乎情理，但總讓人覺得有些奇怪。使用隱身咒文時，魔力將會快速地流失，所以每隔幾十秒鐘就得喝下非常昂貴的藥水。而既然已經來到了迷宮的最深處，又何必多花這道手續來躲避與怪物之間的戰鬥呢？

不過，亞絲娜還是無法從這番說明中找出其他破綻。為了以防萬一，也可以選擇將他們三個人殺掉；然而一旦與大公會發生衝突，之後必定會碰上許多麻煩。

亞絲娜只好吞下心中的疑問，輕輕地點了點頭。

「好吧。我們是來挑戰魔王的——既然你們還沒準備好，那麼可以讓我們先進去嗎？」

「嗯嗯，那當然。」

亞絲娜雖然也預測這人可能會說出更多的藉口來妨礙他們挑戰魔王，卻沒想到瘦削的闇精靈馬上就答應了。他直接揮手指示另外兩個夥伴退下，而自己也站到大門旁邊。

「我們就在這裡等待同伴，你們加油吧。再見囉。」

闇精靈臉上稍微露出笑容，隨即用下巴對著身旁的風精靈夥伴指了一下。那名風精靈舉起雙手，以相當熟練的語調開始詠唱咒文。

施術者腳下立刻出現一道綠色的旋風，並進而成為包覆三人身體的薄膜。當逐漸變淡的綠色搖晃著消失後，該處就再也看不見任何人影了。

「…………」

亞絲娜閉緊嘴唇，再度朝著隱身男人的方向凝視了一陣子，這才聳聳肩轉身面對有紀。這位擁有絕劍別號的少女完全沒因為剛才劍拔弩張的氣氛而感到不愉快，只是閃爍著紫色大眼輕輕歪頭看著亞絲娜。

「……總之，我們就按照計畫進去裡面探探情況吧。」

亞絲娜說完，有紀便笑著點了點頭。

「嗯，終於到了這一刻！我們彼此加油吧，亞絲娜！」

「雖說只是探探情況，但大家可要有一舉打倒他的決心啊！」

聽見阿淳這氣勢十足的發言，亞絲娜也只能笑著回答：

「嗯，當然這是最理想的結果。不過，不需要特別使用昂貴的道具來回復唷。只要在我和朱涅能幫忙回復的範圍內發動攻擊就可以了。」

「是的，老師！」

阿淳以惡作劇般的口吻這麼回答，而亞絲娜則是用手指戳了一下他頭盔的面甲，然後才依序看著其他五個人。

「就算犧牲了也別立刻回街上，待在現場仔細觀察魔王的攻擊模式。要是全滅，就一起回隆巴爾的記錄地點去。至於陣形嘛，就由阿淳與提奇站在最前方承受敵人的攻擊並隨時用挑撥技能來賺取仇恨值，達爾肯與小紀則由兩翼瞄準對方來攻擊。有紀就負責打游擊戰，盡可能試著繞到魔王背後。我和朱涅則在後方進行支援回復。」

「了解。」

巨漢提奇代表眾人以低沉的聲音回答。

等朱涅迅速更新完全員的支援魔法後，擔任前衛的兩人便向前跨出一步。左手高舉塔盾、右手將戰槌扛在肩上的提奇走到大門前，回頭看向亞絲娜。

見她點頭示意，同樣把大劍扛在肩上的阿淳也將空下來的左手放到門上。兩人立刻開始在肩膀上灌注力道。

兩扇黑色的光滑岩石門板像在抵抗般發出刺耳的摩擦聲，接著有如雷鳴的轟然巨響傳遍整條迴廊，而門也逐漸往左右兩邊分開。其後則是一片完全的黑暗——

才剛有這種想法，前方隨即出現兩道藍白火焰。接著左右又是兩道。隔了點時間後，無數火焰開始出現並且圍成圓形。這是全樓層共通的點燈方式，從第一道火焰開始到魔王登場為止，算是給攻略者的一段準備時間。

魔王房間是完全的圓形。地面鋪著發亮的黑色石板，整個空間相當寬敞。最深處的牆壁上，可以見到一扇通往上層樓梯的門。

「——要開始囉！」

亞絲娜大叫的同時，阿淳與提奇便全力往房裡衝去。剩下的五個人也立刻跟著行動。

當所有人來到事前決定好的位置，各自拿起武器擺好架勢時——房間中央開始湧出一塊粗糙的巨大多邊形聚合體。黑盒狀的多邊形隨著碰撞聲合體成人形，邊緣出現凹凸不平的形狀，

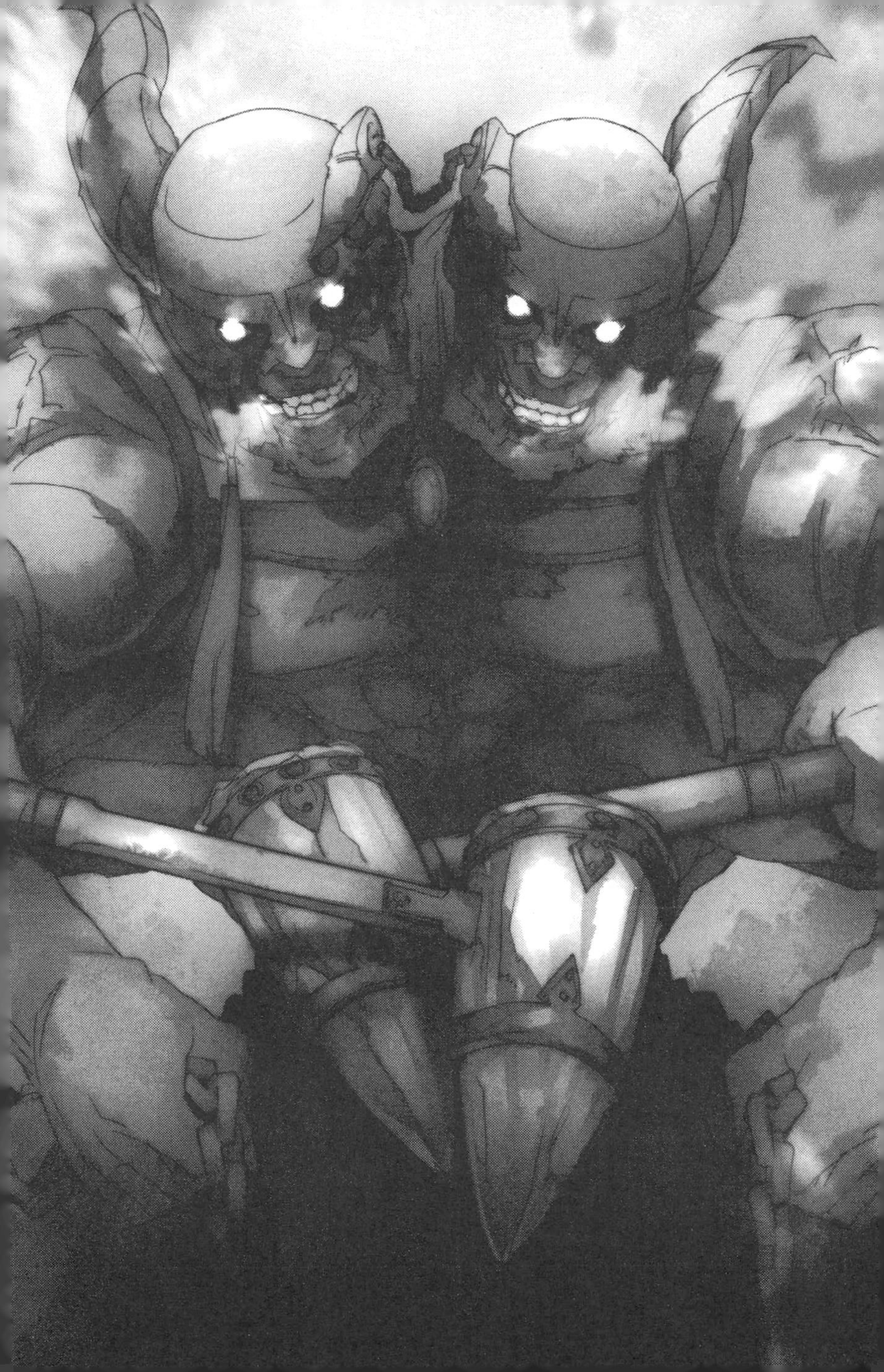

情報量隨之不斷增加。

最後，無數的碎片往空中散開，魔王完全實體化了。

那是個身高足有四公尺的黑色巨人。滿是肌肉的身體上長了兩顆頭以及四條手臂，手上還各自拿著凶惡外型的鈍器。

巨人往前踏出一步，房間裡馬上跟著產生地震般的晃動。與下半身比起來，他的上半身可以說異常巨大；身體雖整個向前傾斜，但頭部仍舊位於距離亞絲娜等人相當遙遠的上空。

怪物先以發出紅光的四隻眼睛睥睨著闖入者，接著馬上發出粗野的咆哮聲。上方兩隻手高高舉起宛若攻城槌的大槌，而下方兩隻手裡足以吊起大型船錨的粗鐵鍊也跟著甩到地上——

6

「啊啊啊啊啊，輸了輸了!!」

最後轉移過來的小紀用力拍著達爾肯的背，同時愉快地大叫。

這裡位於面對隆巴爾中央廣場的巨蛋狀建築物之中，亞絲娜等七人都被轉送到立於房間正中央稍低處的存檔水晶周圍。當然，這表示他們在第27層魔王黑巨人的猛攻之下全滅了。

「嗚嗚——明明那麼努力了……」

有紀沮喪地垂下肩膀，而亞絲娜忽然用力抓緊她的領口。

「嗚哇？」

她拉著一臉疑惑的有紀，直接跑到房間角落。

「大家快點到這邊來！」

原本說要回旅館去休息順便開反省會的阿淳等人，也只能張大了嘴跑過去。

「死亡回歸地點」的巨蛋裡雖然沒有任何人在，但為了慎重起見，亞絲娜還是將所有人集合至外面聽不見聲音的地點後才快速說道：

「沒時間休息了。還記得進入魔王房間前的那三個人嗎？」

「嗯嗯，記得。」

朱涅點了點頭。

「那是專門攻略魔王的公會所派出來的斥候，目的在於監視同盟公會以外那些挑戰魔王的玩家。我想，上一層以及上上一層也是，大家在進入魔王房間之前應該都被他們看見了。」

「咦……我們完全沒有發現耶……」

「他們的目的恐怕不是妨礙攻略魔王，而是收集情報吧。這麼說雖然有點失禮，但他們一定是把沉睡騎士這種小公會當成替死鬼，然後藉此推敲魔王的攻擊模式以及弱點位置吧。這麼一來，他們就不必因為死亡而掉經驗值，也可以省下許多藥水的錢。」

亞絲娜說到這裡，戴圓眼鏡的達爾肯馬上舉起連手指都伸直的手臂開口：

「但、但是，我們進入魔王房間之後，門馬上就關起來了吧。他、他們完全看不見我們的戰鬥，要怎麼收集情報呢？」

「這就是我的疏忽了……戰鬥快結束時，我終於發現阿淳腳邊有小小的灰色蜥蜴在蠕動。那是黑暗魔法『盜視』——一種把使魔附在其他玩家身上以盜取該名玩家視野的咒文。在施咒的瞬間，應該會顯示妨礙魔法的狀態圖示一秒左右才對……」

「咦，那真是糟糕，我完全沒注意到。」

一聽見亞絲娜的說明，阿淳馬上露出懊悔的表情，大夥兒則輕輕拍了拍他的背。

「別這麼說，我應該事先提醒大家才對。一定是進入房間之前，朱涅更新支援魔法時參雜進來的吧。當時出現那麼多圖示，沒注意到瞬間多出一個也是理所當然的事。」

「……這麼說起來，難道……」

瞪大眼睛的有紀在胸前握緊雙手大叫：

「第25和26層的魔王在我們全滅後馬上被人攻略，根本不是偶然囉！」

從聲音裡，聽得出有紀相當吃驚，但她卻沒有任何怨恨與憤慨的感情。再度覺得有紀相當令人尊敬的亞絲娜點了點頭並說：

「應該是這樣沒錯。你們拚命的攻略讓魔王最後的攻擊手段完全曝光，所以他們才能一舉進行攻略。」

「這、這也就是說……」

朱涅皺起漂亮的柳眉囁嚅著：

「這次我們又扮演了馬前卒的角色嗎……？」

「怎麼會這樣……」

其他五人正準備隨著小紀的感嘆沮喪地垂下肩膀時，亞絲娜便搶先拍了一下有紀的鎧甲。

「不，我們還有機會！」

「咦……？亞絲娜，妳的意思是……？」

「目前現實世界的時間是下午兩點半，就算是大規模的公會同盟也很難在這種時間招集數十個人，估計至少需要花上一個小時。我們就趁現在展開行動——聽好，要在五分鐘內結束接下來的會議，然後在三十分鐘內趕回魔王的房間！」

「咦咦——？」

即使是眼前這批強者，這回也不由得發出驚愕的叫聲。環視面前眾人後，亞絲娜單邊臉上露出笑容——與某人十分相像的得意笑容。

「我們辦得到。而且——就算只有我們幾個也一定能打倒魔王。」

「真、真的嗎？」

面對探出身子、鼻頭幾乎快要撞上來的有紀，亞絲娜用力點了點頭。

「只要能冷靜地攻擊他的弱點就行。這是我的作戰計畫：這層樓的魔王是巨人類型，雖然多臂有些棘手，但這已經比找不到正面的非定型怪物要容易對付得多了。攻擊模式包含大槌揮擊、鐵鍊橫掃，以及低頭突進。ＨＰ減少一半之後會加上廣範圍的噴吐攻擊。當ＨＰ條到達紅色區域時，還會用四把武器使出八連擊劍技……」

亞絲娜在地上攤開全息圖面板並切換成自由輸入視窗，接著用手指迅速顯示魔王攻擊模式的圖片。然後又列舉出對這些攻擊的防禦方法。

「……所以，阿淳與提奇可以無視鐵鏈的攻擊，把注意力集中在大槌上就好。接下來是他的弱點——當大槌朝下揮擊時，別用武器或盾牌抵擋而讓他揮空，只要大槌直接擊中地板就會有零點七秒左右的僵硬時間。小紀和達爾肯要趁這個空檔使出強力攻擊技。還有，他的背部也有很大的空隙。有紀只要一直繞到背後，使出突進系的劍技攻擊就可以了，但鐵鍊會掃到身後還是得注意一下。然後關於噴吐的防禦方式……」

自血盟騎士團副團長時代以來，自己就沒在作戰會議裡講過那麼多話了。亞絲娜心裡這麼想著，嘴上飛快地講解戰術。其他六個人也不斷認真地點頭。

覺得自己跟學校老師一樣的亞絲娜，果然四分鐘就結束了會議。接著她便打開道具欄，將利用眾人交到她手上的攻略預算所購買的大量回復藥水，以及莉茲貝特等人送給她當餞別禮物的份全部一起實體化。

隨著喀嚓喀嚓的聲音，地板上不斷出現各式各樣的玻璃瓶。她依照在剛才挑戰當中所受的損傷多寡將這些藥水分配下去，最後將裝在藍色瓶子裡的魔力回復藥水丟進自己與朱涅的袋子裡，所有的準備就都完成了。

亞絲娜挺直背脊，再度環視全員的臉孔，微笑著點頭說：

「我再說一次，你們……不，我們一定可以贏過那個魔王。一直在這款遊戲裡作戰的我，可以向你們保證。」

有紀臉上立刻浮現那種天真爛漫的熟悉笑容，更以肯定的語氣說：

「我的感覺果然沒錯，能請亞絲娜幫助我們真是太好了。就算沒有順利完成攻略，我的心意還是不會有所改變。謝謝妳——亞絲娜。」

其他五個人也同時頷首。像副會長一樣的朱涅這時也用溫柔且清晰的聲音接下去：

「真的很感謝妳。我再次確定有紀帶妳來是正確的決定，妳就是我們期盼已久的那個人。」

朱涅話說到一半時，亞絲娜已經得非常拚命才能壓抑住不斷由心底深處湧上來的感情。她豎起一根手指，眨了眨眼睛才說：

「……這句話還是等慶功宴的時候再說好了。那……我們再加把勁吧！」

再度由隆巴爾街道起飛的六個人，以難以形容的全速飛往迷宮區。他們以最短路徑直線飛行，因此被途中的怪物群盯上好幾次，但一行人依舊靠著小紀以幻惑魔法騙過怪物，一口氣衝了過去。

他們僅僅花了五分鐘便抵達巨塔，接著毫不猶豫地飛進入口，循之前的路線來到最頂樓。雖然在狹小的迷宮裡無法由怪物群中央強行突破，但絕劍有紀便在這時候發揮本領，瞬間將敵人的領隊砍倒在地。

當設定的計時器過了二十八分鐘時，通往魔王房間的迴廊終於出現在眼前。這條寬廣的通道微微向左彎曲，呈螺旋狀一路延伸至塔中央。

「太好了，還有兩分鐘！」

阿淳興奮地大叫，跟著便跑到有紀前頭進行最後衝刺。

「喂，等等啊！」

有紀舉起右手追了上去。

照這樣看起來，應該可以打亂大公會同盟的如意算盤才對，心裡這麼想的亞絲娜也開始拚命向前跑。一群人就這樣繞著圈子跑完迴廊，來到了魔王房間的門前——

「……！」

但門前的景象，卻讓亞絲娜只能屏息急停。跑在前頭的有紀與阿淳，也利用靴子在地面摩擦以緊急煞車。

「這……這是怎麼回事……？」

小紀在亞絲娜身邊茫然低語。

迴廊至魔王房間的最後三十公尺，已經被大約二十名玩家給擋住了。

這些人的種族各個不盡相同，唯一的共同點是——所有人游標旁邊都有盾牌及橫向馬匹的公會圖樣。就跟剛才躲在門前那三個人一樣。

——來不及了嗎？沒想到他們可以如此迅速地招集到人馬……亞絲娜內心原本懊悔地這麼想著，卻又發現有些不對勁。以攻略魔王來說，這樣的人數還是太少了。二十個人，也就是三隻隊伍，根本就不到七隻隊伍共四十九人的半數。

他們參加攻略的成員應該還沒到齊才對——將集合地點選在迷宮最深處確實是相當大膽的行為，也看得出這些人應該相當焦急。

亞絲娜走到因為緊張而噤聲的有紀身邊，在她被深紫色長髮遮住的耳朵旁邊低聲說：

「不要緊，看來我們還有一次挑戰的機會。」

「……真的嗎？」

有紀這才鬆了口氣，亞絲娜輕輕拍了拍她的肩膀，然後快步走向那個集團。對方的視線雖然都筆直看著亞絲娜等人，臉上卻感覺不出一絲驚訝或緊張。甚至可以說這些傢伙正等著觀賞接下來即將上演的好戲。

亞絲娜無視他們的表情，直接站到集團前面，對著身上武裝看起來最為昂貴的男性大地精靈玩家說：

「抱歉，我們想挑戰魔王。請你們讓個路好嗎？」

但是這名像是要展現粗壯手臂而雙手抱胸的大地精靈，竟然說了一句亞絲娜完全料想不到的話來。

「抱歉，這裡目前封鎖中。」

「封鎖……這是什麼意思？」

一時說不出話來的亞絲娜，最後還是擠出了這個問題。大地精靈誇張地動著眉毛，然後以稀鬆平常的口氣繼續說：

「接下來我們公會要挑戰。現在還在準備當中。請你們在這裡稍等一下。」

「稍等一下……是要等多久？」

「嗯，大概一個小時左右吧。」

事到如今，亞絲娜終於了解他們的企圖。他們不只是在魔王房間前面配置偵查隊收集情報而已，等到其他有可能攻略成功的集團出現時，就會以多人數部隊進行物理上的封鎖。

最近確實聽說有部分高等級公會因為獨佔狩獵地點而引發了問題，卻沒想到他們竟然敢在中立區域做出這種露骨的佔領行為。這不就跟舊艾恩葛朗特裡蠻橫專制的「軍隊」一樣嗎？

亞絲娜拚命壓抑住自己的氣憤，好不容易才用平靜的語氣說：

「我們沒辦法等那麼久。你們馬上要挑戰自然另當別論，如果不是就讓我們先進去。」

「妳說是這麼說啦……」

但大地精靈卻大言不慚地繼續說道：

「不過是我們先來的，你們得排隊才行。」

「那你們就準備好再來。我們隨時都可以進行攻略卻得等上一個小時，這太不合理了。」

「所以啦，就算妳抱怨，我也幫不上任何忙嘛。這是上頭的命令，妳如果有意見就到公會總部去跟他們交涉。我們總部在世界樹城市裡。」

「到那裡去就真的得花上一個小時了！」

終於受不了的亞絲娜大聲回話，接著她便咬緊嘴唇，為了讓自己冷靜下來而深呼吸。

無論如何交涉，對方似乎都不打算讓路。這下子應該怎麼辦才好呢？

以提供打倒魔王時獲得的所有道具與尤魯特貨幣作為交易條件，不知道能不能行得通。應該不行吧，攻略魔王的魅力不只有道具而已，還有莫大的技能點數以及在劍士之碑上留名這種非實質的獎賞。這些傢伙應該不會接受這種條件才對。

如果這是在其他ＶＲＭＭＯ裡，就能向ＧＭ投訴這種違反網路遊戲禮儀的行為。但ＡＬＯ向來標榜玩家間的爭執由玩家自己解決，ＧＭ基本上只解決系統所產生的問題。

大地精靈瞥了無計可施的亞絲娜一眼，認為雙方交涉到此為止而準備回到夥伴身邊。

這時亞絲娜斜後方的有紀對著他丟出一句話。

「喂，你啊……」

「絕劍」以平常那種充滿精神的聲音對著停步並轉過頭來的大地精靈問道：

「意思就是說，無論我們再怎麼拜託，你們都不打算讓路給我們進去對吧？」

「——老實說，就是這麼回事。」

聽見有紀直截了當的說法，連大地精靈也不禁眨了一下眼睛，但他馬上就恢復那種桀驁不遜的態度並點了點頭。結果有紀只是笑著說：

「是嗎？沒辦法，只有訴諸武力了。」

「什……什麼？」

「咦——？」

大地精靈與亞絲娜同時發出驚訝的聲音。

ＡＬＯ確實是以「中立區域裡可以無條件攻擊玩家」這種激烈手段為賣點的遊戲。所有玩家都有將不滿訴諸於手中武器的權利，而這種條文當然也存在於遊戲說明當中。

但是，攻擊玩家的實際行為除了成文規則之外，還是有一些私底下的禁忌存在，對方是大型公會成員時更得多加注意。因為就算當下獲勝了，事後其公會也可能會發動成員展開大規模報復，甚至還可能將怨恨帶到遊戲以外的網路社群上。除了打從一開始就以ＰＫ為目的的玩家之外，目前幾乎沒有玩家會直接挑戰大型公會。

「有……有紀，這樣……」

亞絲娜張開嘴巴，卻因為不知道該如何說明這些事而發不出聲音來。但有紀只是笑著拍拍她的背並說道：

「亞絲娜，有些事情還是得以強硬的手段才能讓對方了解喔。比方說，像現在這種要讓對方了解自己究竟有多認真的時候。」

「嗯，妳說的沒錯。」

背後的阿淳也點頭同意。亞絲娜一回頭，馬上就發現其他五個人也理所當然般各自重新握好武器。

「各位……」

「進行封鎖的這些人，應該做好就算只剩最後一人也要守住這裡的覺悟了。」

有紀再度把目光移回大地精靈身上，微微歪著頭對他說：

「你說對吧？」

「我……我、我們……」

嬌小的暗黑精靈少女在還沒從驚訝中恢復過來的男人面前拔出腰間長劍，接著將劍尖對準天空。她嘴角的微笑已經消失，眼睛裡浮現嚴肅的光芒——

「來，拿起你的武器吧。」

被有紀氣勢吞沒的大地精靈也解下腰間的巨大戰斧，輕鬆地擺出戰鬥姿勢。

下一個瞬間，嬌小的暗黑精靈少女便像一陣旋風般橫掃整個迴廊。

「嗚哇……」

好不容易理解怎麼一回事的大地精靈皺起鼻子並大聲怒吼，同時揮動手裡的巨大斧頭。但他的動作實在太慢了。有紀的黑曜石長劍留下暗色軌跡後由下方往上彈起，直接刺進男人胸口中央。

「咕！」

光靠這一擊，有紀便讓體格遠比自己壯碩的大地精靈失去平衡，接著她又補上了一記正面縱砍。長劍發出沉重的聲音後砍進大地精靈肩口，讓ＨＰ條大幅度減少。

「唔哦哦哦哦！」

男人終於發出憤怒的吼聲，舉起雙刃巨斧準備往有紀身上砸下。這人不愧是能在知名公會裡擔任小隊長的玩家，攻擊十分迅速，但「絕劍」有紀卻只是不慌不忙地揮動手中長劍。

「叮！」一聲尖銳的金屬聲響起，斧頭的軌道被稍微撞開，從有紀的紅色髮帶上方幾公分處掃過。原本只有在對上重量相同的武器時才能使出「格擋防禦」，但有紀那看起來與細劍沒兩樣的纖細長劍卻彈開了巨大戰斧，這靠的全是電光火石般的揮砍速度。如果不是遊戲角色、腦神經以及聯繫兩者之間的AmuSphere都已經完全融為一體，絕對不可能如此靈敏。

到底要累積多少經驗才能達到她的境界呢？亞絲娜帶著如此感嘆看著眼前的有紀戰鬥，這時有紀的劍開始閃著藍色光輝。她發動劍技了。

大地精靈戰士因為全力攻擊遭到彈開而腳步不穩，瞄準他身體中心線的臉部攻擊、縱劈、挑砍以及全力上段斬等四記攻擊便在瞬息之間爆發。劍尖所劃出來的淺藍色正方形包圍住大地精靈全身並發出強烈光芒。這就是垂直四連擊「垂直四方斬」。

「嗚哇……！」

巨漢的軀體隨著慘叫聲飛到數公尺之外，整個人倒在地板上。ＨＰ條一口氣降到紅色區域。他應該也確認到這一點了吧，只見他瞄向右上方的雙眼彷彿要從眼眶裡跳出來一樣。

當他的目光再度回到有紀身上時，臉上的表情也由驚愕變成憤慨。

「太……下流了，竟然偷襲……！」

當隊長隨著有些牛頭不對馬嘴的謾罵站起身來時，大約二十人左右的同伴才好不容易回過神切換成戰鬥模式。擔任前衛的玩家在迴廊上散開，一個個拔出武器。

亞絲娜反射性地握住世界樹短杖，腦裡不斷重複著剛才有紀說過的話。

──亞絲娜，有些事情還是得以強硬的手段才能讓對方了解喔。

這絕不是臨時想出來的台詞，而是這名叫做有紀的奇異少女自身所擁有的信念──因為她打從一開始就這樣以身作則。她在路邊的決鬥裡與無數挑戰者交手，同時也藉此與他們交心。

……這樣啊……妳說的沒錯……

當亞絲娜無聲地低語時，臉龐也下意識露出微笑。如果因為在意對人戰的禁忌或報復而不斷退讓，就失去玩ＶＲＭＭＯ的意義了。腰間的劍不是裝飾品，更不是什麼沉重的負擔。

亞絲娜踏出充滿決心的一步，來到有紀右邊。阿淳與朱涅跟著站到亞絲娜右邊，而提奇、小紀與達爾肯也站到有紀左邊。

可能是由這只有七個人的隊伍身上感覺到什麼了吧？只見數量多出三倍的敵人們不禁往後退了一步。

接著打破緊張氣氛的——

不是前方的敵人，而是由後方殺到的無數腳步聲。大地精靈戰士看著亞絲娜等人身後，露出勝利的笑容。

「…………！」

亞絲娜屏息想著「怎麼這麼不巧！」並轉過頭去，無數重疊的彩色游標隨即出現在眼前。公會標籤大部分是「新月加箭矢」這種沒見過的模樣，但也有部分是「盾牌與馬」的圖案。這麼說，來者便是大地精靈等待的另一半聯合部隊。人數應該將近三十人。

就算有紀他們的實力再怎麼堅強，在七倍敵人的前後夾擊之下也難以取勝。光是從後頭所發射的魔法與弓箭，就足以將己方的ＨＰ消耗殆盡。

——都是因為我的猶豫不決才會……

亞絲娜帶著懊悔的念頭咬緊嘴唇。如果打從一開始就遵從有紀的信念，或許只要突破前方的二十個人就能進入魔王房間了。

當亞絲娜正要開口道歉時，左邊的有紀卻先悄悄地碰了她的手。闇精靈少女的心情，藉由假想世界裡的肌膚傳遞過來。

──抱歉，亞絲娜。我的沉不住氣把妳給拖下水了。但我不後悔這麼做。因為自我們相識以來，從沒見過妳露出剛才那種美麗的笑容。

亞絲娜緊握有紀的手，回應這彷彿直接在腦中響起的低語。

──我才應該為沒幫上忙道歉呢。這層或許沒有辦法了，但我們一定要一起打倒下一層的魔王唷。

朱涅等人似乎也感受到了兩人之間的交流。他們全部點了點頭，結成圓陣面對前後的敵人。由後方殺來的三十人似乎由公會訊息裡得知了現狀，全員都已拔出武器。

事到如今，也只能奮戰到底了。亞絲娜下定決心，為了開始詠唱攻擊咒文而舉起短杖。看見她的動作後，跑在敵人集團最前方的貓妖族鐵爪士便露出肉食性動物的微笑並大叫：

「死到臨頭還在掙……」

──但是，在他說完這句勝利宣言之前……

遠超乎亞絲娜以及在場所有玩家想像力的事情便發生了。

「那……那是……？」

最先注意到異狀的，是擁有夜視能力的小紀。一秒鐘後，亞絲娜也親眼目睹到了那異象。

敵人部隊這時已經逼近到前方二十公尺處，但就在他們身後——迴廊平緩彎曲的壁面上，有某種……應該說有某個人正橫向疾奔而來。由於速度實在太快，只看得見一道黑色人影。

那是輕量級精靈的共通技能「牆面奔走」。能使用的只有風精靈、水精靈、貓妖、闇精靈，以及守衛精靈等幾個種族。一般來說十公尺就是極限，但眼前的人影卻已經跑了三十公尺。只有快得誇張的衝刺速度，才能做出這種高難度動作。

當理解到這一點時——不對，應該說一看見這道朦朧人影的瞬間，亞絲娜便知道這名闖入者是誰了。

人影以超高速的飛簷走壁功夫越過增援部隊，接著輕鬆降到地面上來，而他的速度也隨著鞋底釘子摩擦出的大量火花而減慢。當他來到敵人主力與亞絲娜等人的中間地點後，便背對著亞絲娜等人停了下來。

那人身穿緊身黑色皮褲加上黑色長大衣。有一頭層次分明的短黑髮，背上還有把略大的單手用直劍。

不僅如此，黑皮劍鞘上還印著純白色飛龍圖案。那是開設在世界樹城市大道上的「莉茲貝特武器店」商標。劍以幽茲海姆產的稀有金屬打造，是亞絲娜摯友的精心傑作。

黑衣劍士右手以閃電般的速度由背後拔出淡藍色刀刃，接著「鏘！」一聲將其插在腳邊石板上。眼前那三十名老練的冒險者，就像被他的氣勢所震懾一樣分別停步。

接下來這名不速之客所說的話，竟然恰巧與剛才大地精靈對亞絲娜所說的相當類似。

「抱歉，這裡禁止通行。」

這聲音雖然感覺不到任何霸氣卻相當清晰，讓新出現的三十個人、亞絲娜後方的二十個人以及沉睡騎士成員都說不出半句話來。

此時首先對這種目中無人的態度產生反應者，是站在增援部隊最前頭的瘦削火精靈族戰士。他晃著暗紅色頭髮，一副難以置信的樣子用力搖頭。

「喂喂，『黑漆漆』先生啊。就算是你，也很難獨力擋下我們這麼多人吧？」

這名因為一身黑而被取了許多相關綽號的劍士，輕輕聳肩回答：

「是嗎？不試試看怎麼知道呢。」

這種厚臉皮的態度，讓似乎是全體公會同盟領袖的火精靈苦笑著舉起右手。

「這倒是真的。那麼，你就試試看吧……法師隊，烤了他。」

這人說完便彈手指發出「啪嘰！」一聲，集團後方立刻傳來高速詠唱咒文的聲音。無論是反應或發音，都聽得出施法者們訓練有素。雖然亞絲娜也想詠唱回復咒文，但後方緩緩逼近的二十名先遣部隊卻不允許她這麼做。

這時，闖入的守衛精靈才微微回過頭來。

雖然遊戲角色已經不同，但自兩人相識以來，亞絲娜就已經從他左臉頰上見過無數次那種

自信的笑容了。下個瞬間，人牆後方發射的咒文光輝，立刻讓那張笑容罩上黑影。

「黑衣劍士」桐人即使看見朝自己射來的七發高等級攻擊魔法，也沒有任何反應。不對，應該說想反應也來不及了。所有的魔法都是「單焦點追蹤」型。在這寬度僅僅五公尺又無法飛行的迴廊裡，根本不可能靠移動來躲過這些攻擊。

桐人拔起長劍扛在右肩上，而刀刃也在這時開始發出深紅色效果光。是劍技——

下一瞬間，各色閃光、轟然巨響，再加上五十多人分的驚愕填滿了整條狹窄迴廊。

桐人以七連擊技「七大罪」在空中迎擊……不對，應該說「砍了」所有襲來的攻擊魔法。

「不……不會吧……」

就連「絕劍」有紀也難以置信地低語。亞絲娜能夠理解她的心情。但如果只因為這種程度的誇張、胡來、超乎常軌而感到驚訝，就無法跟這名叫桐人的ＶＲＭＭＯ玩家做朋友了。

這就是桐人獨創的系統外技能，名叫「魔法破壞」。

在決鬥時不攻擊敵人的身體，而是不斷用劍技瞄準敵人武器脆弱部分將其打斷的系統外技能「武器破壞」，是過去舊艾恩葛朗特時代桐人的拿手好戲。雖然那已是需要超人的反應力以及極精密的瞄準力才能夠辦到的神技，但要在ＡＬＯ裡劈下魔法更是難上加難。

因為攻擊魔法幾乎都沒有實體，外表看起來只是一堆光影效果的聚合體而已，唯有擊中咒文的中心點才能產生「攻擊判定」；此外還不能使用普通攻擊，得用劍技砍中這高速襲來的小點才行，因為純物理屬性的普通武器攻擊是無法抵消魔法的。相對地，雖然劍技多半帶有地水火風光暗等屬性傷害而可以與魔法對消，但想用有系統輔助而無法控制速度的劈砍來捕捉咒文中心點，其困難程度已經超越了亂來，幾乎可以說絕對不可能。

實際上，曾試著陪桐人練習「魔法破壞」技能的莉法、克萊因以及亞絲娜，都在三天後便不得不放棄。連桐人也表示，自己是因為曾轉移到名為「Gun Gale Online」的異世界，在那裡累積了「用劍砍斷子彈」的經驗之後才能夠成功。聽見桐人一臉認真地做出「無論什麼樣的高速魔法都快不過反資材狙擊槍的子彈」宣言時，連已經不太會感到驚訝的亞絲娜也整個人愣住而說不出半句話來。

基於這些理由，可知目前阿爾普海姆裡能夠使用「魔法破壞」技能的，恐怕——不對，應該說肯定就只有桐人一個人了。而且他只是偷偷的練習，從不曾在決鬥或是隊伍狩獵行動裡使用過，所以現在的大型公會成員們應該也是初次見到才對。

「……這什麼鬼……」

長髮的火精靈發出這樣的呻吟後，接著又可以聽見從迴廊前後傳來「他砍斷魔法啦！」「不是偶然的嗎？」「所以我就說……」等等的聲音。

但對方不愧是專門攻略魔王的公會，馬上也做出了反應。在火精靈的指示下，前衛們已經拔出武器，游擊兵亮出長槍與弓箭，後衛則再度開始詠唱咒文。這次看來不只是「單焦點追蹤」型，也包含了「多焦點追蹤」型與「廣範圍彎曲彈道」型魔法。

桐人再度轉身，迅速對亞絲娜點了點頭，接著左手豎起三根指頭。

當然這不是什麼變形的勝利手勢。而是「幫妳擋住他們三分鐘」的意思。他當然也不認為自己一個人可以殲滅三十名敵人。

此刻，亞絲娜總算了解桐人出現在這裡的原因。

他自從聽見亞絲娜表示要幫助沉睡騎士攻略這層魔王後，便猜到一行人將會遭遇大型公會的阻礙。剛才桐人多半是潛伏在迷宮區入口，注意著同盟公會的動向。當發現亞絲娜等人無法抵擋的人數衝進塔之後，便打算犧牲自己爭取時間而追了上來。

三分鐘。一百八十秒。在森林小屋裡轉瞬急逝，但在對人戰時卻相當漫長。雖然亞絲娜並不懷疑桐人的實力，但他真的能夠在這麼多人面前支撐三分鐘嗎？還是從這邊的七人小隊裡，派出一名成員來援護桐人比較好呢……？

當亞絲娜還在猶豫時，有兩件事打斷了她的思緒。

首先，桐人將左手繞到背後，握住了實體化的第二把劍劍柄，並在一聲清響下拔劍。那是把有著金黃色劍身且異常華麗的長劍。它並非由打鐵匠所造，而是封印在地底世界幽茲海姆空中迷宮最深處的傳說級武器「斷鋼聖劍」。為了得到這把劍，大夥兒以莉法的朋友——飛行型邪神「噹嘰」所能承受的人數上限組隊挑戰迷宮，但每次魔王戰都得面臨隊伍全滅的危機。不過，桐人那久違了的二刀流背影看起來是如此地可靠，亞絲娜便感覺當時那麼辛苦似乎也值得了。

黃金長劍所施放的壓力，讓增援部隊緩緩向後退。就像是看準敵人發生動搖的瞬間般——隊伍最後方忽然有一股威猛的吼叫聲傳了過來。

「嗚哇啊啊啊啊！還有我在啊，雖然你們應該看不見我就是了!!」

這有些粗野的沙啞聲音，無疑是來自那個熟悉的刀客克萊因了。亞絲娜不由得踮起腳尖往人群後方看去，勉強可以見到那綁著低級頭巾的直立紅髮。看來監視迷宮區的不只桐人一個而已。但他為什麼隔了一段時間才出現呢？

「太慢了吧，你在搞什麼！」

人牆這一邊的桐人大叫完，對面的克萊因也大喊著回答：

「抱歉，我迷路了！」

差點要跌倒的亞絲娜站穩身體後，注意到桐人肩膀上那道朝著自己揮手的小小人影。那是導航妖精，同時也是兩個人的「女兒」結衣。她那可愛的笑容為亞絲娜心裡注入一股暖流。

——謝謝妳，結衣。謝謝你，克萊因。

——我最喜歡你了，桐人。

在心裡默默唸完，亞絲娜立刻對身邊的有紀低聲道：

「那邊交給他們應該沒問題。我們只要專心突破前面二十人闖進魔王房間就行了。」

「嗯，我知道了。」

有紀眨了好幾下眼睛，隨即以清晰的聲音這麼回答。

她轉過身，一副要發動劍技的樣子將劍高舉過頭。右邊的小紀、朱涅以及左邊的提奇、達爾肯一發現紫色的光影效果，也立刻擺出作戰姿勢。

還沒有完全把握情況的二十名先遣部隊以及其隊長大地精靈戰士，這時也注意到了亞絲娜等人的動作，因而立刻做好應戰準備。

當背後又傳來魔法與劍技互相衝突的震天巨響時，亞絲娜也大喊：

「……要衝囉！」

以有紀帶頭擺出楔型陣的七人，一起往前衝了出去。而大地精靈等人也怒吼著衝了過來。

雙方衝突的瞬間，衝擊波登時隨著「鏘鏘！」聲炸裂，接著有好幾道效果光隨之彈開。一場毫無秩序的混戰就這麼展開，迴廊的每個角落都充滿了刀劍相交的聲音。

亞絲娜已親身體驗過有紀對人戰時的純熟技巧，此刻更能看出其他成員也不在話下，即使作戰對象由怪物變成玩家，他們也能夠毫不遲疑地揮動武器作戰。

阿淳的兩手劍及提奇的重戰槌，都能夠發揮重量優勢由正面瓦解敵人隊形；而達爾肯的長槍與小紀的長棍，便趁隙進行準確的攻擊。至於有紀則是完全展現超絕的迴避力，輕鬆閃過數把往身上招呼的刀劍後衝進敵人懷裡，靠著必殺的斬擊反攻。

面對己方數倍的敵人，沉睡騎士的成員可以說是驍勇善戰，但敵人集團也沒那麼容易倒下——因為後方的魔法師隊不斷詠唱著回復魔法。

在這種混戰之下難免會意外受傷，除了有紀之外其他成員的ＨＰ都已經開始慢慢減少。亞絲娜與朱涅也同時開始詠唱回復咒文。

這時，敵人集團裡有兩道人影朝她們衝了過來。那是穿著皮系輕鎧甲，手上拿著銳利小刀的刺客型玩家。

當亞絲娜注意到這些傢伙就是幾十分鐘前躲在魔王房間前的風精靈時，便反射性地變換了咒文。她以拿手的超高速詠唱在兩秒內唸完咒文，接著兩名風精靈腳邊登時出現幾道細微的水流。雙腳遭絆的兩人當場跌倒在地。

趁這個時候，亞絲娜低聲對施放完回復咒文的朱涅說：

「妳一個人負責補血可以嗎？」

比亞絲娜稍微高上一點的水精靈立刻輕輕點頭。

「嗯，我想應該可以。」

「那我去解決掉敵人的補師。」

戰鬥開始已經過了至少一分鐘，背後的巨響也愈來愈激烈。這應該是桐人與克萊因為了防止魔法狙擊而殺進敵人集團形成混戰的緣故，但他們沒人幫忙補血，難以回復各種意外造成的損傷。雖然桐人表示可以撐上三分鐘，但為了報答他們的自我犧牲，最好能在兩分鐘內便突破敵人陣地。所以，現在就是放手一搏的時候了。

亞絲娜迅速叫出視窗並將短杖放進道具欄裡，改為裝備愛用的細劍。她腰部周圍隨即出現銀色光芒，用祕銀絲線編成的劍帶以及同樣素材的劍鞘就此實體化。

她鏘一聲拔出細長劍刃，首先朝前方不遠處被阻礙移動系魔法「流水縛鎖」纏住的兩名風精靈衝去。亞絲娜毫不留情地連續攻擊兩人的要害，讓他們的ＨＰ條瞬間消失。

她無視眼前爆散的角色碎片，看向前方混戰地帶。迴廊上幾乎每一處都充滿了瘋狂揮舞手中刀劍的玩家，但硬要說起來，右手邊算是人數比較少的地方。

亞絲娜一吸一吐之間調整好呼吸，隨即用力往石頭地板一蹬。她把右手上的細劍擺在腰間，全力向前衝刺。當到達一定速度時，她便向背對著這邊作戰的有紀大叫：

「有紀！快閃開！」

「咦……？哇啊——！」

有紀稍微轉頭，確認到亞絲娜衝過來後便急忙飛身退開。亞絲娜瞄準前方揮下斧頭而處於僵硬狀態的大地精靈隊長，以極端前傾的姿勢筆直刺出一劍。

劍尖啪一聲迸出幾道純白光芒，接著變成幾道光線包圍住亞絲娜。亞絲娜立刻有種身體上浮的感覺，而她就像彗星般拖著長長的尾巴，以猛烈速度往前直衝。

「嗚哇啊啊啊！」

好不容易才能行動的大地精靈將兩手斧橫擺，準備拿它來代替盾牌。但亞絲娜還是快了一步，細劍前端已經碰到了他的身體。

大地精靈就像被失控的巨獸撞飛般彈上半空中。他原本就已快被有紀消耗殆盡的ＨＰ當場歸零，人還在空中就已經噴出黃色光芒並四處飛散。

化身純白彗星的亞絲娜解決一人之後去勢依然不減，直線朝敵人後衛的補師部隊衝去。在她前進軌道上的三、四個人與他們的隊長同樣被彈出去，有的飛上半空，有的跌坐在地。這是細劍類最高級的長距離突刺系劍技「閃光穿刺」。要發動這招劍技需要充分的助跑，所以一對一決鬥的時候幾乎沒有人使用，但在突破敵人集團時卻能發揮出很大的效果。

亞絲娜在一瞬之間貫穿鎧甲與盾牌的鐵壁，又往前滑行了幾公尺，這才終於落到迷宮的地面上。她在當成剎車的鞋底噴出許多火花之後停下，整個人以單膝跪地的姿勢抬起頭來。眼前四名穿著長袍與教士袍的魔法師，只能呆呆低頭看著亞絲娜。

——看樣子「狂暴補師」這不名譽的綽號將變得更廣為人知了。

亞絲娜內心這麼想，同時將右手上的細劍使勁往後拉。

集團戰最重要的，其實並非最前線肉搏戰成員的能力，而是後方支援部隊的狀態。亞絲娜奮不顧身地將對方回復要員剷除後，敵人先遣部隊就在有朱涅支援的有紀等人猛攻下潰滅了。所費時間總共兩分八秒。

一回過頭，馬上就見到桐人與克萊因仍然與增援部隊激戰中。敵方已經減少了許多人，但他們倆彩色游標所顯示的ＨＰ條也很靠近紅色區域了。

亞絲娜再度於內心對他們兩人以及在桐人肩膀上擔任戰術雷達的結衣表達感謝之意。

她隨即轉向全員順利存活下來的沉睡騎士們大喊：

「來吧，接下來才是重頭戲！我們去打倒魔王吧！」

六個人回答了一聲「好！」之後便同時往地面一踢，隨著亞絲娜一起全力往眼前那座通往魔王房間的黑色大門衝刺。

就跟第一次挑戰時一樣，阿淳將左手放到大門上。發出沉重聲音往左右兩邊敞開的門後方噴出兩道藍白色火焰。

火焰圍成圓形前便是大門對外開啟的時間。但現在根本沒必要等待。七人直接往門內飛奔。亞絲娜最後一個衝進門裡，隨即轉頭按下設置在右邊牆壁上的石頭按鈕。這是取消一分鐘緩衝時間立刻關門的按鍵。

大門發出轟然巨響後便由左右兩邊慢慢合攏。而門後方的激戰也到了最緊要的關頭。

ＨＰ條已經變成鮮紅色的黑衣劍士這時舉起右手來。接著又豎起兩根手指，這次就真的是對亞絲娜所比的勝利手勢了。

一旦魔王房間的門完全關上，就再也聽不見迴廊上的任何聲音。這下子除非內部戰鬥已經結束，否則沒人可以打開這扇門。

一片沉悶的寂靜之下，只有每隔兩秒便會冒出的火堆不斷增加。火堆目前還繞不到圓形房間的一半。也就是說距離魔王出現大約還有將近五十秒的時間。

「大家快利用藥水回復ＨＰ與ＭＰ。魔王的攻略就按照會議內容進行。剛開始的攻擊模式相當單調。只要冷靜地躲開就可以了。」

聽見亞絲娜的話後，六個人便微微點了點頭，開始拿出紅色或藍色的小瓶子。

亞絲娜注意到大家喝完藥水後似乎還有話想說，於是歪頭露出疑惑的表情。接著有紀代表眾人踏出一步，開口說道：

「亞絲娜……剛才那兩個人，是為了幫助我們才……」

「嗯……」

亞絲娜微笑地點了點頭。現在桐人與克萊因應該已耗盡ＨＰ，變成小小的「殘存之火」了吧。不，就算留在那兒也沒人幫忙復活，所以他們應該已經回到了存檔地點才對。

想到有紀他們多半會在意實際上成為棄子的兩人，亞絲娜便依序看著大夥兒，並且以清晰的聲音這麼說：

「我們就以成功打倒魔王來報答他們的心意吧。」

「但是……我們老是靠妳和妳的朋友幫忙……」

有紀說完便咬緊嘴唇，綁著紅色髮帶的頭也跟著垂了下去。但亞絲娜只是拍了拍她的雙肩。距離魔王出現，還有十秒鐘。水精靈少女利用這片刻，說出了相當重要的一句話。

「有紀也教會了我一件相當重要的事。妳剛剛說『有些事情還是得用強硬的手段才能讓對方了解』對吧？」

有紀本人雖然瞪大了眼睛，但朱涅等其他五個人卻馬上了解亞絲娜想表達的意思。在微笑點頭的精靈們背後，最後的火堆揚起了沖天烈焰。

「來，這次是最後的機會了！剛才的公會一定會在我們戰鬥期間重整態勢，再度於迴廊上集結。我們要努力一點，才能在開門時對他們比出勝利手勢！」

在擔任「血盟騎士團」副團長時，她也常在魔王戰前激勵大家。然而當時亞絲娜所說的話想必使得夥伴更加緊張。那只會讓他們握緊手裡的劍，卻沒有辦法讓他們的內心產生共鳴。因為亞絲娜當時只考慮到該怎麼有效率地指揮人員，根本沒有表達出自己真正的心意。

……有紀啊，這場戰鬥結束之後，多告訴我一些關於妳的事吧。像是之前在什麼樣的世界旅行、經歷過什麼樣的冒險等等。

亞絲娜帶著這樣的心意，最後又用力握了一下有紀的雙肩才往後退一步。這時她再度收起細劍，高舉起手裡的世界樹法杖。

眾人眼前立刻有類似立方體岩塊般的多邊形伴隨著沉重低音出現。魔王終於要現身了。在大致變成人形的塊狀物體甩開無數碎片之後，雙頭四臂的巨人從中跳出。

「好……我們就再挑戰一次吧！」

聽見有紀充滿英氣的聲音後，全員高漲的氣勢便與黑色巨人的咆哮重疊在一起。

7

亞絲娜用拇指彈開小瓶子的瓶蓋，一口氣喝下裡頭的藍色液體，接著又稍微確認了一下魔力回復藥水的殘存數量。

原本塞滿腰包的藥水在四十分鐘的激戰間不斷消耗，現在只剩下三瓶而已。一起擔任補師的朱涅狀況應該與亞絲娜差不多才對。

擔任前衛攻擊的幾個人也早已拚盡全力。他們盡可能避開了黑色巨人所有能夠躲開的攻擊，但不時由巨人兩張嘴裡吐出來的毒屬性廣範圍氣息，以及兩條鐵鍊瘋狂橫掃周圍的全方位攻擊卻怎麼努力也避不開。當這些攻擊出現時，亞絲娜與朱涅只能詠唱最高等級的全體回復咒文，所以魔力點數就像流水般不斷消逝。

雖然小紀的長棍、達爾肯的長槍以及有紀的劍多次漂亮地擊中巨人，但感覺卻好像打中永遠不會損壞的鐵壁一樣。魔王有時會將四根手臂交叉在身體前方採取防禦姿勢，一旦他這麼做就會變得像鐵一樣能彈開所有攻擊，而這也讓眾人的徒勞感不斷增加。

將已經累積到喉嚨的焦躁感隨著藥水一起吞下後，亞絲娜便努力打起精神說：

「各位，快成功了！再努力一下吧！」

——話雖如此，但五分鐘前她也大喊過相同的話。由於新艾恩葛朗特的樓層守護怪物沒有顯示HP條，所以只能夠從動作來推測他剩下多少HP。戰鬥剛開始時行動遲鈍的黑巨人，現在可以說處於狂暴狀態當中，由此可以確定他的體力應該所剩無幾，但這當然也有可能只是過於樂觀的推測而已。

像這種看不見結果的長期抗戰，在後方擔任支援任務的玩家通常只是不斷消耗魔力，但在最前線承受敵人猛攻的前衛就必須消耗自己的精神力與集中力。在魔王攻略戰時，通常最多五分鐘就得更換一次前方的坦克以及打手，由這點來看，就能知道沉睡騎士成員拚命的程度有多麼驚人了。

但他們終究還是會疲倦，聽見亞絲娜的呼喚後，只有有紀發出精神百倍的「哦！」一聲回應她。這名嬌小的暗黑精靈少女，即使經過數十分鐘的戰鬥也絲毫沒有疲態，依然踩著輕快的腳步躲過巨人的榔頭與鐵鍊，然後用右手的劍確實給予敵人傷害。

在這之前，亞絲娜原本以為有紀堅強的實力是來自於她超乎常人的反射速度，但現在又有了全新的認識。那能不中斷注意力持續揮劍的強韌精神，或許能與桐人匹敵也說不定。

這時亞絲娜詠唱著不知道已經是第幾次的回復咒文，一邊將眼前景象與遙遠的記憶重疊。

在舊艾恩葛朗特第74層的魔王房間裡，桐人也曾經獨自一人奮力與巨人型敵人作戰。他在極其危險的距離下運用格擋以及腳步躲開敵人的猛攻，兩把長劍以機關槍般的速度不斷揮舞，對準可能是魔王弱點的側腹部使出永無止盡的劍技——

「啊……」

忽然靈機一動的亞絲娜不由得短呼一聲。詠唱中的咒文立刻中斷失效，她周圍也「砰！」一聲出現一陣黑煙。

亞絲娜馬上因為搞砸了而縮起脖子，但跟著她後面念咒的朱涅在千均一髮之際終於完成了魔法。前方被有毒氣息包圍的提奇等人，ＨＰ條立刻又恢復到安全範圍之內。

面對稍微朝這裡瞄了一眼的朱涅，亞絲娜像是要說抱歉般抬起左手，接著迅速說道：

「朱涅，我忽然有個點子。妳可以獨自撐個二十秒左右嗎？」

「嗯，沒問題。我的ＭＰ還算充足。」

亞絲娜再次對點頭的朱涅抬手，接著舉起右手的法杖。迅速吸了一口氣後，她便以最快的速度開始詠唱新咒文。

隨著咒文的進行，亞絲娜眼前開始出現閃閃發亮的冰粒，而它們更立刻凝結成四根銳利的冰柱。當冰柱完成時，少女的視野裡出現了藍色光點。這是非追蹤型攻擊咒文用的瞄準點。

亞絲娜慎重地移動左手，微微調整藍色光點的位置，對準黑色巨人兩個頭正下方的喉嚨。

當巨人不停往前進，上方兩條手臂上的大槌準備用力敲下時——

「嘿！」

亞絲娜右手法杖筆直往下揮落。四根冰柱拖著淡藍色軌跡在空中飛翔，準確地命中巨人雙頸底部。

「咕哦哦哦哦哦哦！」

巨人立刻發出類似哀嚎的吼叫聲，榔頭攻擊也停了下來，四條手臂緊緊在身體前交叉並且縮起身體。維持這樣的防禦姿勢大概五秒鐘左右，巨人才再度舉起手臂，用力把戰槌轟到地面上。

地板隨著沉重的巨大聲響產生地震般的晃動，亞絲娜為了不讓自己跌倒而站穩腳步，同時低聲說道：

「果然……」

面對身邊歪頭表示疑惑的朱涅，亞絲娜迅速地說明道：

「原本以為那個防禦行動只是亂數出現，結果並非這樣。他的頸根被設定成弱點。之前由於沒有多餘的精神尋找弱點，所以我完全沒想到這件事……」

「那只要攻擊那裡就能打倒他囉？」

「我想……至少效率會變好一點，不過那弱點也太高了吧……」

巨人的身高大概有四公尺，就連達爾肯的長槍都還差一點距離才能構到他的脖子，根本沒辦法直接攻擊。如果是在原野就能飛起來發動攻勢，但在迷宮裡當然無法這麼做。

「看來只有做好遭到反擊的心理準備，使出劍技來攻擊了。」

亞絲娜也點頭同意朱涅的看法。想在無法飛行的區域裡延長滯空時間，就只有使用衝刺系的劍技，或者是跳躍之後不斷使用連擊系技巧。當然，使用劍技之後會有僵硬時間，在毫無防備的情形下降落時，敵人一定會看準機會迎頭痛擊。雖然即使因此死亡也能試著使用咒文復活，但不是每次都能成功。而且復活咒文相當冗長，一定會拖慢回復ＨＰ的速度，很可能讓隊伍陷入崩潰的危機中。

但是——有紀一定會毫不猶豫地說「試試看」吧。亞絲娜這麼想著，同時往朱涅臉上看去，結果這名外柔內剛的水精靈也用力點頭肯定亞絲娜的想法。

「我到前面去傳達作戰方針。拜託妳再獨力支撐一下。」

「交給我吧！」

亞絲娜由腰包裡所剩不多的藥水裡抓出兩瓶交給朱涅，隨即往前線衝去。她瞬間跑過十五公尺的距離，才剛靠近黑巨人，鐵鍊就呼嘯著從旁邊招呼過來。雖然已經縮起脖子避開，但肩口還是被前端的鉛錘掃過，ＨＰ也立刻減少。

但亞絲娜卻一點都不在意，當她來到有紀正後方時便開口大叫：

「有紀！」

揮著劍回頭的有紀頓時瞪大了眼睛。

「亞絲娜，妳怎麼來了？」

「聽我說，這傢伙是有弱點的。只要瞄準頸根中央部分，應該就能給予他較大的傷害。」

「弱點？」

有紀再度回頭，往上仔細凝視著巨人頭部。這時，遙遠上空忽然有大酒桶般的槌子降下，兩人急忙往後飛退。接著有紀又垂直跳起避開地面的震動波，張口大喊：

「太高了……我就算跳躍也搆不到啊！」

「不是剛好有個很合適的踏板嗎？」

亞絲娜微微一笑，朝稍遠處的提奇看去。只見他正舉著像門板般的盾牌，從瘋狂亂掃的鐵鍊下守護著小紀。有紀立刻像了解亞絲娜的心意般回以微笑。

兩人同時衝刺，繞到提奇身後三公尺左右的位置。有紀把左手放在嘴巴旁邊，從她嬌小的身體裡發出令人驚訝的巨大聲音。

「提奇！下一發大槌攻擊來的時候你馬上蹲下！」

高大的大地精靈雖然轉頭瞪大了小眼睛，但馬上就點頭同意。

黑巨人揮舞了一陣子鐵鍊後，便將如同巨大岩石的上半身後傾並深吸一口氣，停了一會兒才打開兩張大嘴，「嗚啊啊！」地吐出黑色瓦斯。四周立刻被硫磺般的臭味包圍，站在前面的所有人HP開始不斷減少。

但噴吐攻擊才剛結束，馬上就有藍色光芒降下，回復了眾人的體力。巨人接著高高舉起了上方手裡的兩柄大槌。

有紀蹲下身子，準備向前衝刺。亞絲娜對著她小小的背部迅速說道：

「最後機會了！加油啊，有紀！」

有紀背對著她直接回答：

「交給我吧，姊姊！」

姊姊……？

當亞絲娜聽見這意料之外的稱呼而眨眼時，少女已經猛然衝了出去。

前方的巨人像要鑿穿地面般用力將兩柄巨槌往地面敲下。重低音響徹房間，提奇也立刻蹲下來防禦放射狀的震動波。

接著有紀也跳了起來。她左腳踩上提奇寬廣的左肩，右腳則往他厚重的頭盔上一踏——

「嘿呀啊啊啊啊！」

隨著尖銳的呼喊聲，有紀就像震動不存在的翅膀般高高地躍上天際。她在一口氣接近巨人胸口的同時，右手上的劍也用力往後拉。

「嘿呀——！」

有紀再次迸發出喊聲，並以驚人的速度朝著兩根脖子接合處飛去。霎時藍紫色的效果閃光

爆發，讓圓形房間充滿炫目光芒。

玩家只要在空中發動劍技，就算處於不可飛行的區域內，也能夠在技巧結束前滯留空中。有紀目前就停在黑巨人正面，右手以閃電般的速度不斷揮動。由右上往左下刺出五記攻擊。接著又在與這條線交叉的軌道上刺出五記。每當尖銳的劍尖刺中弱點，巨人的四條手臂便不斷抖動並且發出類似哀嚎的吼叫。

突刺技在怪物身上畫出X字之後，有紀的身體整個向右扭，把左手放在右手的劍身上。由劍刃綻放出來的炫目閃光讓亞絲娜不由得瞇起眼睛。這一刻，有紀的黑曜石長劍看起來似乎變成了金剛石。閃爍純白光芒的劍發出如鈴般的清脆聲音，漂亮地命中X字的交叉處——也就是巨人兩根脖子的接合點，接著整把劍深深刺進巨人的肉體當中。

巨人的慘叫戛然而止，全身維持著不自然的僵硬姿勢。亞絲娜、阿淳、提奇等人以及右手伸得筆直的有紀，都在這彷彿時間停止流動的寂靜中停下了動作。

不久之後，巨人發出黑色光芒的肌膚便以整把刺入的劍為中心，開始產生無數的龜裂。裂縫就像承受不住內側散發出來的光壓般，啪嘰啪嘰地不斷變長變粗。裂痕隨即擴散至巨人的身體以及四肢——

一陣巨木倒塌的聲音過後，黑巨人的身體便從兩顆頭的接合處斷成兩半。長達四公尺的巨軀隨即像被壓碎的玻璃雕像般爆散成無數大小碎片。由身體內部迸發出來的純白光芒伴隨著物理衝擊逼近，亞絲娜的頭髮因此劇烈晃動。混雜著重低音與高周波的效果音在半球型空間裡橫衝直撞，最後拖著長長的硬質金屬聲慢慢變細並且消失。

由圓周部照耀著微暗半球的妖異藍色火焰忽然劇烈搖晃，接著變成普通的橘色。同時魔王房間也充滿了明亮的光線，將僅存的一絲妖氣給趕了出去。

一道「喀嚓」的巨大聲音響起，正面深處那扇通往下一層的大門已經解鎖。

「……哈哈……成功……了……」

亞絲娜發出沙啞的笑聲，整個人跌坐到地上。當她將視線拉回來時，馬上就和呆呆站在魔王消滅地點的有紀四目相對。

這名嬌小的闇精靈少女又眨了幾秒鐘的眼睛，嘴角才揚起一絲絲微笑。但馬上就又變成過去曾見過好幾次——不對，應該說到目前為止最為耀眼奪目的笑容。

有紀才剛收劍回鞘，便立刻朝亞絲娜衝了過去。她由大老遠便張開雙臂往前跳，直接撲進亞絲娜懷裡。

「嗚哇！」

亞絲娜發出巨大慘叫，和有紀一起倒在地板上。兩人在極近距離看著對方的眼睛，同時大叫了起來。

「啊哈哈哈……贏了、贏了……我們成功了，亞絲娜！」

「嗯，是啊！啊——真累人——！」

即使有紀還坐在自己身上，亞絲娜依然把手腳往外伸，整個人呈大字型躺在地上。周圍同樣累癱了的五名同伴一口氣跳了起來，各自擺出勝利手勢並且由嘴裡發出歡呼。

亞絲娜這時忽然注意到頭頂上傳來沉重的聲響。一朝聲音來源看去，隨即發現顛倒視野當中的入口大門再度緩緩往左右兩邊分開。而門後方更是擠滿了無數人影。

沒等門完全敞開就隨著吵雜聲衝進來的，果然就是擋住迴廊的那支大型攻略公會聯合部隊。這些人注意到魔王房間裡充滿橘色光線後氣勢頓減、腳步漸遲，最後完全停下來看著周圍。

大約五十人的大部隊前頭，站著一名垂著暗紅色長髮的火精靈，這時他的眼神剛好和亞絲娜對上。這名隊長的臉上依序出現驚訝、理解以及懊悔的表情，而亞絲娜則是帶著有些痛快的心情欣賞這一切。

「嘿嘿……」

躺在地上的亞絲娜先笑了一笑，接著才和有紀以及其他五名同伴一起對他們比出勝利手勢。

大型公會成員在留下數十句常聽見的威脅台詞後便離開了，而亞絲娜與沉睡騎士的成員則打開了房間深處的那扇門。他們爬上漫長的螺旋狀階梯，由涼亭狀的小建築物裡衝出來後，便是前人未到的第28層。他們一口氣飛往附近的主街區，當有紀啟動中央廣場的轉移門時，魔王攻略任務就算是完全結束了。

七人馬上運用發出藍色光芒的大門回到隆巴爾街道上，在廣場角落圍成一個圓圈後，再度互相擊掌慶祝。

「大家辛苦了！終於結束了！」

亞絲娜雖然笑著這麼說，心裡卻感到有些落寞。因為再怎麼說她也只是名傭兵，契約結束就等於要跟眾人告別了。

不會的，反正接下來還有很多時間能跟他們做朋友——當亞絲娜這麼想時，朱涅忽然拍了拍她的肩膀。那張姣好臉龐上出現了與平時不同的嚴肅表情。

「不對唷，亞絲娜小姐。還沒結束呢。」

「……咦？」

「還有一件重要的事尚未完成。」

看見她的表情後，亞絲娜立刻想起黑鐵宮「劍士之碑」的事情。說起來，沉睡騎士成員的真正目的不是攻略魔王，而是希望在碑上留下所有成員的名字來當成公會存在的證明。這麼說來，現在高興確實嫌太早了——

但朱涅接下來說的話，卻大大出乎亞絲娜意料之外。

「——我們來辦慶功宴吧。」

亞絲娜膝蓋一軟，差點就要跌倒，她舉起拳頭抗議了一下，便把雙手放在腰上說：

「嗯，好吧！我們就盛大地慶祝一下！」

說完後，阿淳臉上也出現了笑容。

「反正我們有相當充足的資金！地點要選哪裡？要不要租下哪個大城鎮裡的高級餐廳？」

「啊……」

亞絲娜忽然有個想法，於是她將雙手的指尖併攏，環視眾人。雖然認識他們只有短短兩天的時間，但這些人一定也能跟老朋友們相處得很好才對，心裡如此確信的亞絲娜開口說道：

「那個……既然如此……要不要到我家來呢？雖然有點小就是了。」

有紀一聽見亞絲娜的邀請，臉上立刻出現笑容。

但不知道為什麼——她的笑靨隨即像融雪般消失了。只見有紀咬緊嘴唇低下頭去。

「有……有紀？怎麼了？」

即使感到疑惑的亞絲娜這麼問，總是很有精神的少女依然沒有抬起頭來。這時朱涅像是要替她圓場般開口說：

「……那個……真的很抱歉，亞絲娜小姐。請妳不用在意……只是我們……」

但在朱涅話還沒說完之前，一直低著頭的有紀忽然迅速吸了一口氣，用右手抓住朱涅的手。

她緊咬著嘴唇，大眼睛裡露出急切的光芒，默默地凝視著朱涅。雖然有紀像是想說些什麼般微微動了兩三次嘴唇，但終究還是沒發出聲音。

不過朱涅似乎這樣就已了解有紀想說的話。她嘴角浮現出難以辨認的微笑，右手輕撫有紀的頭，再度面向亞絲娜。

「亞絲娜小姐，謝謝妳。那我們就恭敬不如從命，決定到妳家打擾了。」

由於沒辦法了解剛才那一幕的意思，亞絲娜只能感到納悶。但小紀卻像是要一掃現場沉悶的空氣般，以跟往常一樣的豪爽聲音說：

「如果是這樣，那先要準備酒才行啊！我們買一整桶的吧！」

「這裡沒有小紀喜歡的芋頭燒酒啦。」

達爾肯才推著眼鏡插嘴，馬上就從他背後傳來嚴厲的吐槽。

「你別胡說八道，我什麼時候說過喜歡芋頭燒酒了！我喜歡的是泡盛古酒啦！」

「還不是一樣像個老頭子。」

阿淳更為猛烈的吐槽讓大家不斷大笑。亞絲娜也跟著一起歡笑，然後再度往有紀看去。有紀的臉上雖然逐漸有了笑容，但她眼睛裡的某種無奈感卻還沒有完全消失。

一群人來到隆巴爾的中央市場，購買了大量的酒類與食品之後才轉移到第22層。

大夥兒由小村莊的廣場起飛，一邊看著下方被埋在大雪底下的森林一邊往南方前進。一口氣飛越結凍的湖泊後，便能看見在森林當中的一抹空地以及建在那裡的圓木小屋。

「那、那裡？」

有紀興奮的聲音讓亞絲娜點了點頭。

「是啊……啊！」

亞絲娜還來不及回答完，有紀便張開雙手一口氣往前加速。只見她直接朝著小屋前方的庭院降落。地面上發出「磅！」一聲後揚起大量雪花，附近樹梢上飛起一大群受到驚嚇的鳥類。

「真是的……」

亞絲娜和朱涅面面相覷後微笑了一下，也跟著展開翅膀準備降落。她滑翔了一陣子後順利抵達庭院，馬上就被等不及的有紀拖著往門口前進。

原本想家裡只要有朋友在就馬上介紹給他們認識，但裡面卻空無一人。幫忙阻止大型公會的桐人與克萊因還沒從存檔地點回來就算了，卻沒想到連莉茲與西莉卡都不在，難道說大家早就猜到會有這種情形，所以特別避開讓他們七個人能夠好好熱鬧一番嗎？

「哇～這就是亞絲娜的家嗎？」

有紀很高興地到處看著由地板上長出來的桌子、燒著紅紅火焰的暖爐以及掛在牆壁上的劍等物品。剩下六個人則聚集在桌子周圍，各自由道具欄裡拿出採購來的美食。沒兩下子，桌子上不知名的酒菜與點心就堆得像座小山一樣。

他們按照小紀希望買來桶裝酒，在拔開木栓將金黃色液體倒入杯子裡並排好後，宴會的準備就算是完成了。小淳將在廚房裡聚精會神看著亞絲娜調味品收藏的有紀拖到大廳來，然後七個人在桌子前面坐下。

負責帶頭乾杯的有紀高舉起酒杯，以滿臉的笑容大叫：

「為我們成功打倒魔王……乾杯～！」

其他人唱和著「乾杯！」之後，就是一陣玻璃杯互相碰撞的聲音，所有人一口氣將酒喝乾。接著便開始毫無秩序可言的狂歡。

小淳與提奇聊著剛才打倒的魔王、小紀與達爾肯熱烈討論起ＡＬＯ裡所有酒類，旁邊的亞絲娜也聽著有紀與朱涅談起至今為止到過哪些ＶＲＭＭＯ世界。

「最糟糕的呢，一定是美國某個叫做『昆蟲國度』的遊戲！」

有紀一邊做出雙手環抱身體的動作一邊繃起臉來。

「啊啊……那個啊……」

朱涅也點頭露出了苦笑。

「咦……是什麼樣的遊戲？」

「蟲！全都是蟲！怪物是蟲也就算了，連玩家本身都是蟲啊～我是用兩隻腳走路的螞蟻所以還好，朱涅她可是……」

「不行，不准說！」

「她是一隻很大的毛毛蟲！能從嘴巴裡咻一聲吐出絲來……」
說到這裡有紀終於忍不住哈哈笑了起來。看見朱涅噘起嘴的樣子，亞絲娜也跟著笑出聲。
「真好～可以跟大家一起到各種世界去旅行。」
「亞絲娜呢？看起來應該玩了很久的ＶＲＭＭＯ了吧。」
「我嗎……嗯……不要告訴別人唷。其實我為了存夠買這間屋子的經費，花了很多時間在遊戲上面……」
「這樣啊～」
有紀抬起臉來，再度瞇著眼睛看了一下客廳。
「不過這間房子真的很舒服耶。讓人有種很懷念的感覺……」
「是啊。待在這裡就覺得很安心。」
朱涅也深深點了點頭。
但她的櫻桃小口忽然張了開來。
「朱、朱涅，妳怎麼了？」
「糟糕，我都給忘了！說到錢……我們拜託亞絲娜幫忙攻略魔王時，跟她約好把所有魔王掉的寶都交給她對吧？怎麼辦，結果我們買了那麼多東西……」
「嗚哇，我也全忘了！」

兩人帶著一臉歉意垂下肩膀，亞絲娜見狀便對笑著她們揮了揮手並開口：

「沒關係啦。我只要拿一些報酬就可以了。啊，我看——還是……」

她說到這裡便閉上嘴巴，用力吸了一口氣。

「我還是不拿東西好了。但相對的，我有一件事要拜託你們。」

「咦……？」

「那個……雖然契約到此就算結束了……但是，我還想再多跟有紀說些話。我還有很多事情想問妳。」

希望有紀能教我——怎麼做才能變得跟妳一樣強呢。亞絲娜心裡這麼低語，繼續說下去：

「可不可以讓我加入沉睡騎士呢？」

自從轉變成ＡＬＯ裡的精靈後，亞絲娜就沒有加入任何公會。除了大型公會曾經邀請過她好幾次之外，桐人與莉茲等人也表示過可以自己組織一個小型公會，但最後還是不了了之。

之所以會這樣，多半是亞絲娜內心對公會還是有一些「恐懼」在。她過去曾在被稱為最強的公會裡擔任過一年以上的副會長職務。當時她不但要求成員要有鐵一般的紀律與鋼一般的意志，自己也為了以身作則而從沒在別人面前展現過笑容。當時的成員，對自己一定只有畏懼而沒有任何的景仰。亞絲娜害怕要是在ＡＬＯ裡加入公會，哪一天自己的言行舉止又會變得跟過去一樣。

但今天亞絲娜很自然地就融入沉睡騎士當中，可以在沒有絲毫顧忌的情況下做出指示。那想必是因為有紀等人的親和力讓亞絲娜簡單地克服了內心障礙。跟他們待在一起，一定能讓心中那堵牆變矮、能學會真正的堅強。亞絲娜自己雖然沒有注意到，但桐人、莉茲和克萊因等人應該就是發現了這點，才會直接用行動來支持亞絲娜。因此當亞絲娜表示要參加其他公會的攻略活動時，他們不但沒有感到不滿，反而不斷給予亞絲娜鼓勵。

聽見亞絲娜的要求之後，有紀沒有立刻回答，只是緊緊咬住嘴唇。她睜大的眼睛裡再度閃爍著某種焦急的光芒。

曾幾何時，朱涅以及其他四個人也都安靜下來凝視著有紀與亞絲娜。在一片寂靜當中，有紀只是無言地盯著亞絲娜看。最後由她嘴唇發出來的，是與平時不同的顫抖聲音。

「那個……亞絲娜。我們……沉睡騎士呢，應該……到春天就要解散了。之後，大家應該很難再回到遊戲裡面來了……」

「嗯，我知道。到春天為止也沒關係。我想和有紀……以及大家當好朋友。到春天之前應該沒問題才對吧……？」

亞絲娜探出身子，凝視著有紀的紫色眼珠。但是有紀竟然首次主動避開了亞絲娜的目光。她直接輕輕左右搖了搖頭並且說：

「抱歉……很抱歉，亞絲娜。真的很不好意思啊……真的……」

有紀不斷呢喃著抱歉的聲音，聽起來竟有些痛苦。而亞絲娜也不忍心再讓她說下去了。

「這樣啊……沒關係。我才應該不好意思呢，讓妳這麼為難真的很抱歉唷，有紀。」

「那個……亞絲娜小姐，我……我們……」

旁邊的朱涅似乎想幫有紀補充些什麼，但很難得地竟然連她也不知道該說些什麼才好。

亞絲娜環視了一下臉上帶著沉痛表情的眾人後，像是要緩和現場氣氛般拍了一下手，特別用充滿精神的聲音說：

「抱歉，忽然提出這種要求造成你們的困擾。為了改變心情，我們去看看那個吧！」

「那個……？」

聽見亞絲娜這麼說，朱涅只是感到疑惑，而有紀則依然垂著頭。這時亞絲娜同時拍了拍兩個人的肩膀。

「妳們忘記最重要的事情了！黑鐵宮的『劍士之碑』現在一定已經更新了才對！」

「啊，對哦！」

阿淳大叫著站起身來。

「走吧走吧！我們快去拍照！」

「走吧？」

亞絲娜再度邀約之後，有紀才終於抬起頭露出微笑。

拉著還有些沮喪的有紀飛出轉移門後，亞絲娜看了一下「起始的城鎮」的中央廣場。其實她已經有好一陣子沒到這裡來了。

「這裡真的好寬廣啊……來，大家往這邊走唷！」

他們背對著巨大王宮，快步穿梭在花壇之間，四方形的「黑鐵宮」很快就出現在眾人眼前。由於它是艾恩葛朗特最著名的觀光景點之一，所以有許多新舊玩家出入。

穿越高大的門來到建築物裡頭後，冰涼空氣立刻輕撫著眾人的肌膚。玩家的靴子踩踏鋼鐵地板，在異常挑高的天花板上造成無數回音。

亞絲娜與有紀等人也同樣發出尖銳的腳步聲，朝內部的大廳前進。穿越兩道內門後，眼前就是籠罩著一片靜謐氣氛的廣大空間，而空間中央則有一座巨大的橫長鐵碑。

「就是那個嗎？」

阿淳與小紀衝過亞絲娜與有紀身邊往前跑去。遲了幾秒來到「劍士之碑」下方後，亞絲娜立刻抬起頭在密密麻麻的文字最後端尋找。

「有……有了。」

有紀忽然低語，握住亞絲娜的手也灌注了力道。亞絲娜這時也發現，確實在發出黑色光芒的鐵碑中央，【Braves of 27th floor】的文字下方，有英文字母清楚地刻著他們七人的名字。

「有了……是我們的名字……」

有紀茫然地呢喃著。看見她略為濕潤的眼眶，亞絲娜內心也湧起一陣感慨。

「喂～要拍照囉！」

阿淳的聲音由後方傳來，亞絲娜直接抓著有紀的肩膀半轉過身子。

「來，快笑一笑啊，有紀。」

聽見亞絲娜這麼說，有紀這才露出了笑臉。六個人在碑石前排好後，阿淳便操縱起「螢幕攝影水晶」的彈跳視窗，他設定好秒數並且將它放開。接著水晶就這樣停留在空中，上面閃爍著倒數計時的秒數。

阿淳跑過來站在有紀與提奇中間，當所有人都露出滿面笑容那一刻，水晶便發出「啪嚓」一聲並開始發光。

「ＯＫ！」

阿淳跑回水晶旁邊時，亞絲娜與有紀再度轉頭往「劍士之碑」看去。

「我們成功了，有紀。」

亞絲娜放開有紀的手並輕輕摸了摸她的頭。有紀微微點頭，凝視著七人的名字好一段時間，最後才悄聲說道：

「嗯……我終於成功了，姊姊。」

「呵呵呵……」

聽見她這麼說，亞絲娜終於忍不住笑了出來。

「咦……？」

不知道亞絲娜為何發笑的有紀只能盯著她的臉看。

「妳在魔王的房間裡也叫過我姊姊唷。當然我是覺得很高興啦……？」

亞絲娜在途中便將這隨口而出的一句話收了回去。

因為有紀已經瞪大了雙眼，用手遮住自己的嘴角。那雙紫色大眼裡開始有透明液體湧出，最後自臉頰上滑落。

「有……有紀……？」

亞絲娜雖然屏住呼吸並伸出手來想抓住闇精靈少女，但有紀卻往後退了兩、三步。她張開嘴巴，以沙啞的聲音說：

「亞絲娜……我、我……」

有紀忽然低下頭去，擦乾滿臉的淚水後揮了揮左手。她以發抖的手指按下出現在眼前的視窗，接著那嬌小的身體立刻就被白色光柱所包圍——

從這天起，不敗的超級劍士「絕劍」有紀便從艾恩葛朗特裡消失了。

8

明日奈站在一棟巨大建築物前。她看了一下手裡的紙片，確認上面的手寫文字與牆壁上的名稱完全相同。

這棟建築位在神奈川縣橫濱市都筑區，被一片綠色山丘包圍。整體來說雖然不怎麼高大，但只要看見它那相當寬廣的兩翼與周圍平緩的丘陵，就會讓人有種遠離都市的感覺，不過從明日奈所住的世田谷坐上東急線到這裡根本花不到三十分鐘。

建築物看起來仍然相當新穎，茶色瓷磚牆壁在冬天低溫的日照下發出閃亮光芒。明日奈將便條紙收進口袋裡，心想這裡與自己曾長時間沉睡的地點相當類似。

「有紀……就在這個地方嗎？」

亞絲娜輕聲喃喃自語。自己雖然很想與她見面，卻又希望對方別出現在這個地方。稍微猶豫了一下後，明日奈便拉緊穿在制服上的外套衣領，快步朝正面入口走去。

「絕劍」有紀從艾恩葛朗特消失後，已經過了三天。

消失前的瞬間，闇精靈少女在劍士之碑流下的眼淚，依然深深印在明日奈的視網膜裡。那一幕實在太過深刻，令人難以忘懷，所以她無論如何都想再次和有紀見面。但送出去的訊息全部都只得到「收件人尚未登入」這樣的自動回覆，而且信件之後也沒有被開封的樣子。

她原本認為沉睡騎士的成員應該會知道有紀人在哪裡，但兩天前在聚會地點隆巴爾旅館裡迎接亞絲娜的朱涅，卻只是垂下睫毛並輕輕搖了搖頭。

「自從那天之後，我們也無法和有紀取得聯絡。不只是在ＡＬＯ裡，她似乎根本沒有進行完全潛行，而我們對她現實世界裡的事情也可以說是一無所知。何況……」

朱涅說到這裡便停頓下來，以有所顧忌的視線看著亞絲娜。

「亞絲娜小姐。我認為有紀應該不想再和妳見面了。我想這都是為了妳好……」

驚訝的亞絲娜完全說不出話來。經過幾秒鐘後，她才好不容易擠出一絲聲音：

「為……為什麼？不對……應該說，我也知道有紀和朱涅你們總是故意和我保持距離。如果我造成你們的困擾，那我就不會再探求下去了。但是……妳說這是為我好，實在沒辦法讓人接受。」

「怎麼可能會是困擾呢……」

總是維持沉穩態度的朱涅，臉上難得出現扭曲的表情並且用力搖著頭。

「我們真的很高興能遇見妳。都是靠亞絲娜的幫忙，我們最後才能在這個世界裡創造出那麼棒的回憶。無論是幫助我們攻略魔王也好，說想加入我們公會也罷，都讓我們非常感激。我想有紀一定也是這麼認為。但是……算我拜託妳，請妳就這麼忘記我們吧。」

她說到這裡，便揮動左手操縱視窗。接著亞絲娜面前便出現一個小小的交易視窗。

「雖然比預定中還要早，但沉睡騎士馬上就要解散了。我們已經把要送給妳的謝禮都整理在此。這些是之前魔王所掉下來的寶物，以及我們所擁有的全部道具……」

「我……我不要。我沒辦法收下。」

亞絲娜的手指用力敲下取消鍵，朝朱涅靠近一步。

「真的沒辦法再見面了嗎？我……真的很喜歡有紀、朱涅還有其他人。原本以為就算公會解散了，我們還是可以當好朋友。難道說只有我一個人這麼認為嗎……？」

以前的亞絲娜絕對不可能說出這種話。但在與有紀等人一起活動的短短幾天裡，她也感覺到自己開始慢慢改變了。也就是因為這樣，她才不願意和大家分開。

然而，朱涅只是垂下臉並且不斷搖著頭。

「抱歉……真的很抱歉。但還是在這裡告別比較好……抱歉，亞絲娜小姐。」

接著她便像逃走般登出了。

結果不只有紀，朱涅、阿淳、小紀以及其他成員全都再也沒登入過ＡＬＯ。

說起來，認識沉睡騎士不過寥寥數日而已。或許明日奈的確不應該這樣就認為自己已經與他們成為朋友。但沉睡騎士的眾人，依然在她心裡留下不可抹滅的印象。明日奈知道，自己絕對不可能就這樣忘了他們。

雖然說第三學期已經開始，但即使能與在現實世界裡久違的和人（桐人）、里香（莉茲）以及珪子（西莉卡）見面，明日奈心情仍舊相當沉重。她回過神來，才發現視網膜深處、鼓膜內部，又再度浮現有紀的笑臉與她叫自己姊姊的聲音。當注意到這一點時，明日奈不禁流下了眼淚。她無論如何都想知道有紀離開的原因。

到了昨天。午休時，明日奈接到和人【我在樓頂等妳】的簡訊。

寒冷北風逞威，水泥完全外露的校舍屋頂上根本沒有其他學生。和人靠在空氣循環用的粗大管線上等待明日奈到來。

即使由ＳＡＯ解放出來已經過了一年，現實世界裡的他體重還是完全沒有增加的模樣。妹妹直葉（莉法）每天都會盯著他吃飯，所以營養方面應該不會有問題才對，但或許他是將攝取的卡路里都用在跑步和健身上頭了，不然就是在假想世界裡的熾烈戰鬥也讓他燃燒了肉體的熱量吧。

目前的打扮與身高雖然與舊艾恩葛朗特時不同，但他那打開運動外套鈕扣、雙手插在褲子口袋裡，略長瀏海隨風飄蕩的站姿，卻跟過去沒有兩樣。明日奈像被吸引過去般跑到他身邊，然後把額頭輕輕靠在抬起頭來的和人肩口。

雖然很想對他吐露心中波濤洶湧的感情，但連明日奈自己也無法把心情交代清楚。當她用力閉上眼睛，努力忍住不斷湧上喉嚨的嗚咽時，和人便用手溫柔地拍了拍她的背部，同時也在她耳邊這麼說道：

「妳無論如何都想跟『絕劍』見面嗎？」

聽見這句話後，明日奈又重新燃起了希望。沒錯，自己想再見她一面。因為有紀一定也這麼希望才對。

她點了點頭後，和人便沉穩地繼續說道：

「她不是說過不要見面比較好？即使這樣妳還想見她嗎？」

明日奈已經將第27層魔王攻略戰的經過、之後意外的別離，還有最後見面時朱涅所說過的話全部告訴和人。而和人應該是經過一番思考後才會提出這樣的問題吧，但明日奈聽見之後還是用力點了點頭。

「嗯，我還是想見她。無論如何，我都想再見到有紀並和她談一談。我非這麼做不可。」

「這樣啊……」

簡短回答之後，和人便把雙手放在明日奈肩上並且稍微拉開身體，然後從運動外套的內側口袋裡拿出一張便條紙。

「到這裡去的話，或許能見到她也說不定。」

「咦……？」

「只是有可能而已。不過……我想『絕劍』應該在這裡才對。」

「為……為什麼桐人你會知道呢……？」

明日奈接過對折的紙片並茫然問道。和人往空中看去，低聲這麼回答：

「因為那裡是日本唯一利用『Medicuboid』進行臨床實驗的地方。」

「Medi……cuboid？」

明日奈口中重複了這個沒聽過的奇異單字，打開便條紙。

上面以小小的文字寫著【橫濱港北綜合醫院】的名稱以及地址。

穿越擦得很乾淨的雙重玻璃自動門，踏進採光十分充足的入口，馬上就能聞到有些懷念的消毒水味道。

大廳裡，抱著小孩的母親與坐著電動輪椅的老人左來右往。明日奈橫越了寬廣的空間後，直接朝申請探訪的櫃檯前進。

她在窗口旁邊的申請表上填寫完姓名與地址，卻在希望探病的對象名稱欄上停了下來。明日奈只知道女孩在遊戲裡的名字叫做有紀，根本不清楚這是不是她的本名。和人也說過，就算她在這裡也沒辦法確認，甚至不知道能不能接受探病。但既然人都已經來到這裡了，總不能就此放棄。她下定決心，拿著申請表朝窗口走去。

一名身穿白色制服的護士在櫃臺後方操作電腦。她一注意到明日奈接近，便抬起頭來。

「要探病嗎？」

護士微笑著問，而明日奈只能僵硬地點了點頭。她將尚未填完的申請表交出去並說道：

「那個……我想要探病，但我不知道對方的名字。」

「什麼？」

面對有些訝異而皺起眉頭的護士，明日奈只能拚命解釋。

「對方大概是十五歲左右的女孩子，名字可能叫做『有紀』，當然也有可能不是。」

「這裡有許多住院的患者，您這樣資料實在太少了。」

「嗯……我想這位患者應該正在使用你們試驗中的『Medicuboid』。」

「我們無法透露病患的個人情報……」

這時候，待在櫃檯深處的年長護士也抬起頭來，凝視著明日奈的臉。接著又在跟明日奈說話的護士耳邊悄悄說了些什麼。

一開始的護士先是眨了眨眼睛，然後再度轉向明日奈，以不同於剛才的口氣說：

「不好意思，請問您的大名是？」

「啊，我叫做結城明日奈。」

她一邊回答，一邊將申請表送了過去。護士拿起申請表看了一下，接著便遞給裡頭的同事。

「能看一下您的證件嗎？」

「好、好的。」

少女急忙由大衣內側口袋拿出皮夾，出示學生證給對方看。護士仔細比對過證件上的照片與明日奈的臉孔後，說了聲「請稍等一下」便拿起旁邊的電話。

護士按了內線號碼，在電話裡小聲與人講了兩、三句話，接著再度轉向明日奈。

「第二內科的倉橋醫生想見您。請由正面電梯上四樓，出電梯後往右手邊前進，接著將這個交給櫃檯。」

明日奈由遞過來的托盤上拿起學生證與另一張銀色通行證，隨即對護士點頭道謝。

在四樓櫃檯前又等了將近十分鐘左右，明日奈才注意到有位穿著白衣的男性快步朝她走來。

「哎呀，真不好意思。抱歉抱歉，讓妳久等了。」

一面拚命道歉一面點頭打招呼的，是一名矮小微胖的男性醫師。他年紀大概三十出頭，光亮寬廣的額頭上方頂著七三分邊的頭髮，臉上還戴著粗框眼鏡。

明日奈急忙站起，深深一鞠躬。

「您太客氣了。是我忽然來打擾。如果現在不方便，那我繼續等也沒關係。」

「不會不會，我今天下午剛好沒值班。嗯……您是結城明日奈小姐吧？」

男醫師有些下垂的眼睛瞇了起來，接著更輕輕歪著頭這麼問道。

「是的。我是結城。」

「我叫做倉橋。是紺野小姐的主治醫師。真虧妳能找到這裡來。」

「紺野……小姐？」

「嗯嗯，全名叫做紺野木棉季。就是木棉花的木棉加上季節的季（註：日文裡有紀與木棉季發音相同）……她最近每天都在說關於明日奈小姐的事情唷。啊，抱歉……因為木棉季都是這麼稱呼妳……」

「沒關係，叫我明日奈就可以了。」

明日奈笑著回答，倉橋醫師也不好意思地笑了笑，然後用右手指了一下電梯的方向。

「別一直站在這裡，我們到樓上的休息室去吧。」

接著明日奈便被帶到寬廣的休息室裡，與醫生面對面坐在深處的位子上。由巨大玻璃窗可以遠眺醫院廣大的腹地以及周圍綠地。房間裡沒什麼人，只有細微的空調運作聲飄散在空中。

明日奈心裡雖然有無數疑問，卻不知道該從何處問起，反而是倉橋醫生率先打破沉默。

「明日奈小姐是在ＶＲ世界裡認識木棉季的吧？她有跟妳提過這間醫院的事情嗎？」

「沒有……其實她沒跟我提過這裡……」

「哦，那妳竟然能夠找到這裡來，真不簡單。不過呢，因為木棉季早就表示可能會有一名叫做結城明日奈的人會來探病，要我先通知櫃檯。我嚇了一跳，問她是否已經說出這間醫院的事，但她卻又答沒有，我便回那妳說的小姐一定不知道這裡。剛才櫃檯打電話來時，我真的嚇了一大跳。」

「那個……木棉季小姐她……跟醫生說了我的事嗎？」

明日奈這麼問完後，醫生便用力點了兩、三下頭。

「這幾天只要跟我面談，她說的都是明日奈小姐的事啊。但是……木棉季她只要提到妳，之後就一定會哭泣。她平常明明是個很堅強的孩子……」

「咦……為、為什麼……」

「她說想和妳做朋友卻辦不到，想再見妳一面也見不到了。其實……我也可以了解她的心情……」

這時倉橋醫生才首次露出沉痛的表情。明日奈深吸了一口氣，下定決心後開口問道：

「木棉季小姐也好，她的同伴也好，他們在告別VR世界前也都這麼告訴我。到底是為什麼？為什麼會『無法見面』呢？」

看見紙條上的醫院名稱後，明日奈心裡便有股不安的感覺不斷膨脹，現在她只能拚命壓抑下這種心情並且探出身子問。而倉橋醫生有好一陣子只是默默看著桌上的雙手，最後才靜靜地回答：

「那麼，我們還是先從『Medicuboid』開始談起吧。明日奈小姐應該是『AmuSphere』的使用者吧？」

「嗯……嗯嗯，是的。」

青年醫生點了點頭後抬起臉來，開口說出了明日奈完全料想不到的事情。

「這麼說或許對妳有些失禮，但我原本就覺得『開發完全潛行技術是為了娛樂用途』這點，是件相當浪費的事情。」

「咦……？」

「政府一開始就應該提供充分的資金來幫助這種科技運用在醫療目的上才對。如果當初這麼做，進度應該就能比現在快個一年……不，能快上兩年。」

面對搞不清楚這話有何含意的明日奈，醫生豎起了手指繼續說：

「請想想看。AmuSphere所形成的環境能給醫療現場帶來多大的幫助。比如說，妳知道這機器對有視覺或聽覺障礙的人來說是天大的福音嗎？如果是先天性的腦部機能障礙，那很可惜這機器就幫不上忙，但如果只是眼球或視神經有異常，那麼AmuSphere就能直接傳送影像到腦部。當然聽覺也是一樣。現在只要使用這部機器，就可以讓從來不知道什麼是光線與聲音的人，接觸到所謂真正的風景了。」

聽見倉橋醫師充滿熱忱的言論後，少女也點了點頭表示同意。其實AmuSphere很早之前就已經被廣泛地運用在各種分野上了。明日奈就曾經聽說有一天它的頭盔將更加小型化，只要再搭配上專屬鏡頭，視障者就能夠過著與明眼人完全相同的生活。

「而且，有用的還不只信號傳達機能而已。AmuSphere還有消除體感的機能對吧。」

醫生用手指碰了碰自己的後頸部分。

「只要往這裡傳送電磁脈衝波，就能暫時讓神經麻痺。換言之跟全身麻醉有相同的效果。比如說在手術上利用AmuSphere，就能夠避免使用麻醉藥的些微危險性。」

明日奈不知不覺間便被醫生的話題吸引，卻在點頭時忽然發現某件事。在專家面前這麼說雖然有些不好意思，但她還是以細微的聲音問道：

「那個……我想這應該辦不到吧？AmuSphere只能遮斷程度相當輕微的感覺。若要消除手術刀切開身體的劇痛，別說是AmuSphere了，就連初代機——NERvGear都沒辦法做到……就算在延髓截斷這些信息，但因為身體上的神經仍然有感覺，所以脊髓應該還是會有反射作用才對吧……？」

「正……正是如此！」

倉橋醫生聽見明日奈的話後，似乎因為驚訝而瞪大了眼，但他馬上就了解問題的意思而不斷點著頭。

「妳說的沒錯。而且AmuSphere的電磁脈衝波輸出功率太低，ＣＰＵ也是省電型，所以在處理速度上多少會有點問題。如果是要潛入ＶＲ世界，這種規格應該就足夠了，只是要搭配鏡頭來即時呈現現實環境，也就是說要實現『擴增實境』時，它的機能仍嫌不足。所以現在動用國家力量緊急開發出來的，就是全世界第一台醫療用完全潛行機器——『Medicuboid』了。」

「Medicu……boid……」

明日奈悄悄在嘴裡唸了一次這個將醫療(medical)與立方體(cuboid)組合起來的奇怪單字。醫生輕笑一下，繼續說明：

「現在還只是代號而已。總之就是強化AmuSphere的輸出功率，將脈衝波產生元件的密度增加數倍，提升處理速度，再將其與能夠覆蓋整個腦部與脊髓的床一體化。外表看起來只是普通的白色箱子而已……只要這個儀器能夠量產並且配置在大多數醫院裡，整個醫療環境將會產生革命性的變化。幾乎所有的手術都不需要麻醉，而且也有可能與被診斷為『Locked In狀態』的患者進行溝通。」

「Locked In……？」

「也被稱為閉鎖症候群。腦的思考部分雖然正常，但是控制身體的部分卻出現障礙，以致於患者無法表達自己的意思。而藉由Medicuboid就可以連線到病患的大腦深處，就算身體無法動彈，也可以利用ＶＲ世界回歸一般社會。」

「原來如此……也就是比為了玩ＶＲ遊戲而開發的AmuSphere，還要來得像真正的……所謂『夢想中的機器』嗎……」

點著頭的明日奈隨口這麼說道。但原本像在講述自己夢想的倉橋醫師在聽見這句話後，便像忽然被拉回現實世界般閉上了嘴。他的表情變得有些沉重，拿下眼鏡後深深嘆了口氣。

過了一會兒，他終於微微搖著頭，露出有些悲傷的微笑。

「沒錯，確實是夢想中的機器。但是……機器當然還是有極限。其實Medicuboid最受期待的功能之一……就是『Terminal Care』。」

「Terminal Care……」

重複了一次這不常聽見的英文單字後，醫師便開始加以詳細說明。

「也就是『臨終關懷』的意思。」

聽見這句話，明日奈頓時像被澆了一盆冷水一般。面對說不出話來，只能瞪大眼睛的明日奈，重新戴好眼鏡的倉橋醫師以某種同情的神色繼續說：

「或許，妳之後會覺得不應該繼續聽我說下去。即使妳這麼選擇，也沒有任何人會怪妳。無論是木棉季還是她的夥伴，都是為了妳好。」

但是明日奈內心沒有絲毫猶豫。她已經做好接受任何事實的心理準備，也確定自己非得知道真相才行。明日奈抬起頭，篤定地說：

「沒關係……請繼續說下去。拜託你，我就是為了知道真相才會到這裡來的。」

「這樣嗎……」

倉橋醫師再度微笑，接著用力點了點頭。

「木棉季告訴我，如果明日奈小姐想知道，就把一切都說出來。木棉季的病房在中央棟的最上層。距離這裡有些遠，我們還是邊走邊說吧。」

兩人隨即離開休息室。跟著醫生朝電梯走去的途中，明日奈腦裡不斷重複同一句話。

臨終關懷。雖然這句話的意思相當簡單明瞭，但她心裡還是覺得應該不會用如此直接的詞語來表達「那件事情」才對。

不過能確定的是，自己一定得承受住接下來將得知的事實。有紀就是相信明日奈能做到，才會允許她接近真實世界裡的自己。

並排在中央棟大廳的三台電梯裡，最右邊那台門上標示著「staff only」。醫師將脖子上的卡片貼在右方面板上，右邊的門馬上就隨著平穩的鈴聲滑開了。

進入充滿白色光線的箱子後，電梯就在幾乎感覺不到移動聲與加速度的情況下開始上升。

「妳聽過『空窗期』這個名詞嗎？」

忽然被倉橋醫師這麼一問，明日奈只好眨了眨眼睛開始搜尋起自己的記憶。

「我記得……曾在健康教育課程裡學過。應該是有關病毒感染的名詞吧……？」

「沒錯。人類通常是藉由檢查血液來確認是否已被某種病毒所感染。檢查的方法呢，有調查血液中對於病毒是否有抗體的『抗原抗體檢查』，還有將病毒本身的DNA・RNA增幅來加以調查的『核酸檢查』這種更加精密的方法。但在感染十天之內，就算使用核酸檢查也無法查出病毒的存在。而這段期間就被稱為『空窗期』了。」

倉橋醫生講到這裡稍微停頓了一下。接著便有輕微的減速感降臨，電梯門隨著鈴聲打開。最頂樓的12樓似乎完全禁止外人進入，所以 出電梯正面就設有戒備森嚴的大門。醫師再度將卡片靠近大門旁的掃描器，又把手掌貼在面板上進行生物認證，金屬的隔離棒才隨著細微金屬聲降下。醫生以手勢催促著明日奈，於是她便快步通過大門。

與下面樓層不同，這層樓裡完全沒有任何窗戶。被光滑白色面板覆蓋的通道筆直往前延伸，接著在前方分為左右兩條道路。

再次站在明日奈面前並向前走去的倉橋醫生往左邊前進。充滿柔和白光的無機質通道不斷往前。兩人途中只和幾名白衣護士擦身而過，而且幾乎完全聽不見任何來自外界的噪音。

「——而這個『空窗期』必然會導致某些事件發生。」

醫師忽然以沉靜的聲音再度開口。

「那就是由捐血所造成的輸血用血液製劑污染。當然，因此而感染病毒的機率極低，畢竟一次輸血便感染病毒的機率大概只有幾十萬分之一。但是，現代科學依然不可能把這種機率變成零。」

接著又是輕微的嘆息。明日奈能從嘆息裡感受到醫師些許的無奈。

「木棉季她是在二〇一一年五月時出生的。由於她的母親難產而決定進行剖腹生產。雖然從病歷裡沒辦法確認……但當時因為某種事故而引發大量出血，因此醫生便進行了緊急輸血。很不幸的是，當時使用了遭受病毒感染的血液。」

「…………！」

明日奈頓時倒抽了口氣。醫生瞄了她一眼，隨即又垂下視線繼續說道：

「事到如今，已經沒辦法確定了，但木棉季她應該是在出生時或者之後便馬上遭到感染。而她父親則是在一個月內也感染了病毒。九月時，醫院根據她母親接受輸血後的確認血液檢查發現有病毒。但那個時間點……她們全家都已經……」

醫生再度深吸了一口氣後停下腳步。

通路右側的牆壁上有一道自動門，更旁邊的牆上則設置有金屬面板。嵌在上面的門牌寫著【第一特殊計測機器室】這種專業的文字。

醫生拿起卡片，從面板下的縫隙刷了過去。接著電子音響起，門也噗咻一聲打開。

明日奈一邊感受胸口深處傳來的異常絞痛，一邊隨著倉橋醫師穿過自動門。門內是個相當狹長的奇妙房間。

正面牆壁上有一道與剛才相同的門，右側則設置著配有好幾個螢幕的控制台。左邊牆壁上雖然有一面橫長的大窗戶，但玻璃是黑色的，看不見內部景象。

「這扇玻璃後面是經過空調控制的無菌室所以無法進入，請妳見諒。」

說完後醫師便靠近黑色窗戶，操縱起下方面板。窗戶顏色立刻隨著細微的震動聲急速變淡，最後成為透明玻璃，同時也顯露出後面的景象。

那是一間小房間。不對，就面積來說其實相當寬廣。乍看下之所以會覺得很小，是因為裡面放滿了各式各樣的儀器。由於混雜著高大、矮小、簡單四邊形以及各種形狀複雜的儀器，所以明日奈花了一些時間才注意到房間中央有一張凝膠床。

她把臉盡可能地靠近玻璃，持續凝視著那張床。

有道嬌小的身影像半沉入藍色凝膠般躺在上面。白色床單一直蓋到她胸口，而裸露出來的肩膀可以說瘦到慘不忍睹。喉嚨與兩條手臂上則有各種管線連結著周圍的機器。

但明日奈看不見那名病患的臉，因為有塊與床一體化的白色立方體完全罩住了她的頭。能看見的，只有毫無血色的薄薄嘴唇以及尖尖的下顎而已。靠近玻璃這面的立方體上全部都是螢幕面板，上面還有不同顏色的標示正跳動著。螢幕上部還能看見寫著【Medicuboid】的簡單標誌。

「……有紀……？」

明日奈以沙啞的聲音呢喃。終於——終於來到現實世界的有紀身邊了。但這最後幾公尺，卻遭到絕對無法跨越的厚重玻璃牆隔開。

明日奈背對著醫生，好不容易才擠出聲音問道：

「醫生……有紀她的病名是……？」

醫生的回答相當簡短，但帶著無比沉重的壓力。

「『後天性免疫不全症候群』……也就是ＡＩＤＳ。」

9

當明日奈看見這間大醫院時，心裡便產生有紀說不定生了什麼重病的預感。但從醫生嘴裡聽見確實的病名之後，她還是感到自己難以呼吸。明日奈透過玻璃看著躺在床上的有紀，覺得自己全身像凍僵了一般。

她心裡只想著，這是真的嗎？那個實力比誰都強、無論何時都很有精神的有紀，現在竟然躺在無數機械當中。無論是在理性還是感性上，明日奈都拒絕承認這個事實。

——我這個什麼都不知道，也沒有試著去體諒對方的大笨蛋。少女在心裡這麼大叫著。那個時候，有紀消失前流下的眼淚，所代表的意義是……

「但是，現在愛滋病已經不像社會大眾所想的那麼恐怖了。」

看見僵在當場的明日奈，倉橋醫生還是以一貫的沉穩聲音說道：

「就算感染了人類免疫缺乏病毒(HIV)，只要早期展開治療，就有可能抑制愛滋病病毒長達二三十年之久。經由確實服藥以及徹底的健康管理，甚至可以過著與感染前沒兩樣的生活。」

「嘰」一聲的細微聲響，宣告醫生已經坐在控制台前面。他又接著說道：

「……但新生兒遭受HIV感染後存活五年的機率比成人低了許多，也是不爭的事實。木棉季的母親在知道全家人都感染之後，似乎曾想過大家一起共赴黃泉。但她母親從小就是基督教徒，在藉著信仰還有她父親的幫助度過最初的危機後，便選擇了不斷與病魔對抗的道路。」

「不斷……對抗……」

「是的。木棉季從出生的瞬間開始，就必須與病毒對抗才能活下去。脫離最危險的時期後，體型嬌小的她也能夠平安成長，甚至能進入小學就讀。對一個小孩子來說——定期服用大量藥物是一件相當辛苦的事情。而核苷酸類反轉錄酶抑制劑也是種副作用相當強的藥物。但木棉季還是相信自己的病有一天會治好而不斷努力著。她幾乎全勤、成績似乎也一直保持全年級頂尖。她有許多朋友，我也曾看過好幾段當時的影像，她一直帶著非常耀眼的笑容……」

明日奈聽見醫生又短暫地微微嘆了一口氣。

「——木棉季是HIV帶原者這件事，學校並不知情。其實一般來說都是這個樣子。學校或企業的健康檢查，是不准進行血液的HIV檢查的。但是……當她剛升上四年級時……不知道什麼原因，同學年的一部分家長知道了木棉季是帶原者的事實。謠言馬上就傳開了。雖然法律上明文規定，不能以感染HIV為理由歧視帶原者，但很可惜的是，這個社會並非所有人都心存善意……開始有反對她來學校上課的抗議，或者是電話、信件等有形無形的惡作劇出現。她的父母親雖然很努力了，但最後還是得搬家，而木棉季也不得不轉到別的學校去。」

「…………」

明日奈已經無法反應。她只能挺直背脊，傾聽醫生所說的話。

「而木棉季她依然很堅強地每天到新學校去上課。但是……很殘酷的……這時候開始，用來判別免疫力降低的指標，也就是名為『CD4』的淋巴球數值便急遽減少。也就是說……愛滋病發作了。我一直認為，上一所學校的家長及教師們傷害她的言語，就是發病的原因。」

年輕醫師一直努力讓自己的聲音保持平靜，但稍微變得有些急促的呼吸聲還是透露出他真正的心情。

「──由於免疫力下降，所以很容易受到平時能夠擊退的病毒與細菌侵襲。這種情況就叫做『伺機性感染』。木棉季因為產生了名為肺囊蟲肺炎的併發症而住進這間醫院，那大概是三年半之前的事情。木棉季在醫院裡也一直充滿朝氣。每天都帶著笑容的她，老是說『我絕對不會輸給病魔的』。就算是痛苦的檢查她也絕不抱怨。但是……」

停止說話的醫生似乎開始移動身體。

「無論是醫院中還是患者本身的體內，都有無數的細菌與病毒存在。一但愛滋病發作，接著就只能不斷對伺機性感染所引起的各種併發症進行治療而已。在肺炎之後，木棉季又遭到了食道念珠球菌感染。就在這時──社會上因為NERvGear所引發的事件而產生了巨大騷動。當時甚至還出現了應該封印完全潛行技術的輿論，不過由國家以及部分製造商不斷研究開發的醫療用NERvGear……也就是Medicuboid的實驗一號機就在這個時候完成。而且，他們還為了進行臨床實驗而把機器搬進這座醫院裡。不過呢，雖說是實驗，但原始的機器畢竟是那台恐怖的NERvGear，更沒人知道長期提升數倍密度的電子脈衝波會對腦部造成什麼影響。所以在這種危險的條件下，實在很難找到願意協助實驗的患者。我知道這件事情後……便對木棉季和她的家人提出了一個建議……」

明日奈一邊等待醫生繼續說下去，一邊凝視著床上的有紀以及幾乎吞噬她整個頭部的白色立方體。

雖然腦袋的中心部分已經因為冰冷而發麻，但為了讓自己不用面對這個現實，明日奈在混亂的意識角落裡依然茫然地思考著。

從開發的時期上來看，Medicuboid應該並非AmuSphere的後續作品，而是NERvGear的延伸型才對。明日奈雖然已經習慣AmuSphere，但還是會懷念NERvGear創造出來的假想世界那種純淨感。AmuSphere雖然是反省ＳＡＯ事件之後又加上三、四重安全措施的機種，但創造出來的虛擬世界，在品質上確實是比不過初代機。

Medicuboid裝備著數倍於NERvGear的脈衝波產生元件，能完全消除身體的感覺，而且還擁有處理速度遠優於AmuSphere的ＣＰＵ——這樣說來，有紀在阿爾普海姆所展現的壓倒性實力，都是因為這台機器優異的性能嗎？

明日奈雖然瞬間有這樣的想法，但她馬上就在內心搖了搖頭。有紀凌厲的劍技，早就已經超越機械性能所能展現的等級了。光是戰鬥天分這一點，有紀的能力就足以與桐人匹敵，甚至還有可能勝過桐人呢。

就明日奈所知，桐人會那麼強悍，是由於囚禁在ＳＡＯ那兩年中他花費了比任何人都要多的時間在前線戰鬥。如果是這樣，那有紀又在Medicuboid創造的世界裡待了多久呢——

「正如妳所見，Medicuboid試驗機是非常精密且需要細心維護的機器。」

沉默了片刻的倉橋醫生再度開口。

「為了執行長時間且安定的測試，它必須得放在排除空氣中塵埃、細菌與病毒的環境之下。而患者只要自願進入無菌室，就能夠大幅減低伺機性感染的危險性。就是這樣，我才會建議木棉季與她的家人接受這個實驗。」

「…………」

「不過我現在仍舊會懷疑，這麼做對於木棉季來說究竟是好還是不好。在治療愛滋病時，『ＱＯＬ』——Quality of Life，也就是生活品質，是相當受重視的一環。醫師必須考慮治療期間要如何提升、充實病患的生活品質。從這個觀點上來看，接受這個實驗的自願者，在生活品質上絕對不算良好。因為不能離開無菌室，也無法直接接觸任何人。我的提議讓木棉季及她的雙親感到非常煩惱。不過呢，可能是對未知虛擬世界的憧憬，讓木棉季終於下定了決心……她答應接受實驗而進入這個房間裡。之後木棉季便一直在這台Medicuboid裡生活。」

「一直……的意思是……？」

「跟字面上一樣。木棉季幾乎沒有回到現實世界來過。或許應該說，她現在也回不來了。在臨終關懷時，我們常會使用嗎啡來緩和病患的痛楚；以木棉季來說，我們則是用Medicuboid的感覺刪除機能來取代嗎啡……除了一天幾個小時的收集檔案實驗之外，她就一直在各種虛擬世界裡旅行。當然，我也是在那個世界裡和她進行面談。」

「也就是說……二十四小時一直處於潛行狀態嗎……？這樣已經過了多久……？」

「已經三年了。」

聽見醫生簡短的回答，明日奈頓時說不出話來。

在今天之前，明日奈一直認為全世界的AmuSphere使用者裡，擁有最長潛行時間經驗的應該就是包含自己在內的舊ＳＡＯ玩家。但她現在才知道自己錯了。眼前這名躺在床上的瘦削少女，才是世界上最為純粹的假想世界旅行者。這就是有紀實力如此堅強的真正原因。

──妳已經完全成為這個世界的居民了吧？桐人曾經這麼問過有紀。他一定是在短暫的戰鬥當中，感覺到有紀與自己類似的地方吧。

明日奈意識到自己心中有股近似虔誠信仰的感情正在擴散，就像站在遠勝自己的劍士前垂首獻上愛劍一般。她懷抱著這種心情閉上眼，接著微微低下頭來。

一陣沉默之後，明日奈便回頭看著倉橋醫師。

「謝謝你讓我見有紀——有紀她只要待在這裡應該就不要緊了吧？她能夠一直在那個世界裡旅行對吧……？」

但醫生卻沒有馬上回答明日奈的問題。坐在控制台前椅子上的他，只是闔起放在膝蓋上的雙手，然後以平穩的眼神凝視著明日奈。

「——就算進入無菌室，還是無法排除原本就存在於身體裡的細菌與病毒。隨著免疫機能下降，它們的勢力也會不斷地增加。木棉季現在感染了巨細胞病毒以及非結核分枝桿菌，視力幾乎已經完全喪失。而ＨＩＶ所引起的腦炎也不斷惡化當中。我想她應該已經沒辦法自己活動身體了。」

「…………」

「感染ＨＩＶ十五年……ＡＩＤＳ發病三年半。木棉季的症狀已經是末期。她也很清楚地意識到這一點。我想，妳現在應該知道木棉季從妳眼前消失的原因了。」

「怎麼會……怎麼會呢……」

明日奈瞪大眼睛，微微搖了搖頭。但還是沒辦法改變耳朵聽見的事實。

有紀總是猶豫著該不該接近明日奈。她這麼做，真的都是為了明日奈著想。為了不讓將來必然降臨的別離造成明日奈痛苦，有紀才選擇這麼做。不對，不只是她而已。正因為朱涅與其他沉睡騎士成員都了解事情的真相，所以他們才會老是表現出那種帶有謎團的態度。

但明日奈卻沒有注意到、也沒試著想過這一點，只是不斷讓有紀感到痛苦。一想到有紀在黑鐵宮登出之前的淚水，明日奈便覺得有一股錐心之痛。

這時，明日奈忽然想起某件事，於是她馬上抬起頭看著醫生。

「那個……醫生，難道說有紀她有個姊姊……？」

一這麼問完，醫生馬上就像嚇了一大跳般揚起眉毛，稍微猶豫了一下後才慢慢點點頭。

「──由於不是木棉季本人的事情，所以我也就沒有提起……是的，她有個雙胞胎姊姊。當初就是這樣才進行剖腹生產，也才會造成如此的悲劇。」

醫生像是在探索回憶般將視線往上方看去，露出微笑。

「姊姊的名字叫藍子，她也同樣住進了這間醫院。她們這對雙胞胎並不相似……姊姊以前總是露出微笑，靜靜守護著有精神又活潑的木棉季。對了……她的長相與給人的感覺還都跟妳有點類似呢……」

為什麼是以前呢？明日奈在心中低語，同時緊盯著醫生看。而醫生就像聽見她內心的聲音般再度點頭說道：

「木棉季的雙親在兩年前……而她姊姊也在一年前去世了。」

原本認為自己應該已了解失去的意義。

在那個世界裡，明日奈看過無數次人命消失的瞬間，自己也曾數度在生死邊緣徘徊。因此，她便覺得自己已經理解生死有命的道理。知道有時無論怎麼掙扎，都無法改變眼前現實。

雖然只與有紀認識不到幾天，但在知道她的過去與現狀之後，明日奈還是承受不了這沉重的事實，只能將身體靠在眼前的厚重玻璃上。「現實」這個詞所代表的意義，似乎開始融化且變得模糊，最後甚至完全消失。明日奈低下頭，將前額貼在冰冷的玻璃平面上。

「自己已經努力奮戰過了，所以執著於現在這點小小的幸福上又有何不可呢」——明日奈心裡一直有這種想法。也因此而害怕變化、不敢與人爭論，只能不斷為自己的膽怯與噤聲找尋各種藉口。

但是，有紀打從出生就在作戰了。她不斷與試圖奪走她一切的殘酷現實奮鬥，即使知道終戰的時間逼近，她依然能夠露出那麼耀眼奪目的笑容。

明日奈用力閉上眼睛。在心底深處對正在某個遙遠異世界旅行的有紀大喊。

——讓我再見妳一次吧，只要一次就好。

這次見面後，兩人一定要好好促膝長談。有紀說過，有些事情一定得用強硬的手段，對方才能夠了解。如果不能拋開軟弱自身的所有包袱與有紀一談，那彼此就沒必要相遇了。

明日奈終於感覺到，有種溫熱的液體由眼瞼裡滲出。她將右手貼在玻璃上、於指尖灌注力

道，彷彿要在那極其平滑的表面尋找某種觸感一般。

就在這時，不知道從何處傳來一股柔和的聲音。

『不要哭啊，亞絲娜。』

明日奈就像觸電般迅速抬起頭。她甩開睫毛上的水滴後張開眼睛，凝視著躺在床上的有紀。小小的輪廓與方才沒有兩樣，依然靜靜地躺在那裡。而那台蓋住有紀臉孔的機器也沒有任何變化。然而，明日奈注意到某台面對玻璃的指示器上，有一道藍色光芒在閃爍著。而且螢幕面板上的字樣也與幾秒鐘前不同，浮現出【User Talking】的字樣。

「有紀……？」

明日奈先在嘴裡呢喃，接著才以顫抖卻相當清晰的聲音說：

「有紀？妳在那裡嗎？」

明日奈馬上就聽見了回應。看樣子，聲音來自於設在玻璃牆上方的麥克風。

『嗯。雖然是透過鏡頭，不過我可以看見妳唷，亞絲娜。太厲害了……妳的長相幾乎跟遊戲裡一模一樣。謝謝妳……來看我……』

「……有紀……我……我……」

雖然想說話，但又不知道該說些什麼。這種無法比擬的焦躁感，讓明日奈胸口相當難過。

但就在她開口之前，頭上再度傳來聲音。

『醫生，請讓亞絲娜使用隔壁的房間。』

「咦……」

明日奈因為疑惑而轉過頭去，看見倉橋醫生像在考慮著什麼般一臉嚴肅。但他隨即露出一貫的平穩笑容，深深頷首說道：

「好吧——那扇門後面，有我面談時使用的完全潛行用座椅及AmuSphere。門可以由裡頭上鎖，但是請盡量別超過二十分鐘。至於各種手續我看就免了吧。」

「知……知道了。」

明日奈急忙點頭，然後再度看了一眼躺在Medicuboid上的少女。有紀的聲音隨即再次出現。

「程式控制平台裡面已經安裝好ＡＬＯ了，妳登入後就到我們初次見面的地方來吧。」

「嗯……我知道了。妳等等，我馬上就過去。」

以堅定的聲音回答完，又對背後的倉橋醫生行了個禮後，明日奈才轉過身子。她走了幾步路到達觀察室深處牆壁上的門前，朝著掃描器揚起手。門才剛往旁邊滑開，明日奈馬上就閃身走了進去。

門後是個只有觀察室一半大小的房間。裡頭並排著兩張黑色皮革躺椅，兩邊的靠頭部分都掛著相當熟悉的圓冠型頭盔。

明日奈急急忙忙地鎖門，接著將包包放在地板上，往靠近自己的椅子躺去。她利用扶手上的按鈕調整椅背角度，然後拿起AmuSphere戴到頭上。用力深吸了一口氣並按下電源後，眼前立刻出現一片白光，而少女的意識也隨之離開了現實世界。

水精靈族細劍士亞絲娜在森林小屋的寢室裡醒來後，等不及身體習慣ＶＲ世界的感覺就立刻跳了起來。

她在空中振動翅膀進行滑翔，還沒踏到地板便直接從窗戶飛了出去。阿爾普海姆目前將近清晨，茂密的森林覆上了一整片白霧。她在空中一個轉身後開始急速上升，衝破白霧簾幕繼續往樹木上方飛行。亞絲娜將兩手緊緊貼在身體旁邊，朝著這一層的中央部分猛衝。

用不了三分鐘，亞絲娜就抵達了主街區上空，接著直線往廣場中央發出藍光的轉移門降落。在周圍數名玩家瞪大了眼睛的注目禮中，她反轉身子開始緊急煞車。停住的瞬間她便直接進了轉移門裡。

「轉移到帕那雷賽！」

她一這麼大叫，馬上就有道如瀑布般的藍白色光芒流下，將亞絲娜整個人往上推。

轉移瞬間結束，當她由轉移門裡出來時，眼前已經是第24層主街區帕那雷賽的中央廣場。

亞絲娜用力往右邊的石頭地板一蹬升空，這次換成往都市北方的小島前進。只見全速飛行的少女不斷在晨靄流動的湖水上留下倒影。

很快地，她眼前出現一棵大樹的剪影。感覺上「絕劍」有紀連日在那顆大樹根部與人決鬥已經是很久以前的事情了。當時擠滿圍觀群眾的熱鬧小島，現在可以說是一片寂靜。

亞絲娜一邊慢慢降低速度，一邊繞著大樹樹幹開始準備降落。由於下方籠罩著一層濃霧，所以看不見地面上的模樣。

踩上沾著露水的小草降落到地面後，她開始打量起周圍的環境。可能是日出之前的光線不足吧，只能看見幾公尺之外的前方。內心感到焦躁的亞絲娜，只好快步繞著樹木周圍。

當她繞到一半，來到樹幹東側時……終於有曙光由外圍部分射入，瞬間將晨靄一掃而空。亞絲娜終於由白色簾幕的縫隙裡發現自己正在尋找的身影。

有紀背對著亞絲娜，深紫色長髮與藍紫色長裙正隨風搖曳。亞絲娜只能屏住呼吸凝視著這一切，此時這名闇精靈少女忽然轉過頭來，也用紫水晶顏色的瞳孔回看著亞絲娜。她顏色淡薄的嘴唇，還露出宛如殘雪般的脆弱笑容。

「——不知道為什麼，就是有種亞絲娜會在現實世界裡找到我的預感。我明明什麼都沒告訴妳，應該不會有這種事才對。」

呢喃般說完之後，有紀便再度微笑了一下。

「但亞絲娜妳還是來了。我的預感很難得會成真。不過我真的很高興唷……」

只不過幾天沒見，感覺上有紀的站姿就多了一種透明感，而這同時也讓亞絲娜覺得胸口一陣糾結。她彷彿害怕眼前少女只是幻覺般，一步、一步緩緩走了過去。

亞絲娜伸出去的指尖終於碰到有紀的左肩。她霎時無法壓抑想要確認對方體溫的衝動，靜靜地以雙臂抱住對方。

有紀一點也沒有驚慌的樣子，就像根小草順風擺動般把頭靠在亞絲娜肩口。雖然隔著鎧甲，但有紀的身體還是傳來一股足以動搖人心的暖流，程度早已超越電子脈衝波所能媒介的數位檔案。亞絲娜緩緩吐氣，閉上眼睛。

「……姊姊抱我時，身上也有這種味道。是太陽的味道……」

靠在亞絲娜身上的有紀這麼呢喃著。

亞絲娜這時才終於由顫抖的嘴唇裡講出第一句話。

「藍子……？妳姊姊她也有玩ＶＲＭＭＯ嗎？」

「嗯。那間醫院在一般病房裡也能使用AmuSphere。姊姊是沉睡騎士的初任會長唷。她可比我要強太多太多了……」

亞絲娜感覺有紀的額頭緊緊抵在自己肩膀上，因此舉起右手撫摸闇精靈少女光滑的秀髮。

有紀僵硬了一瞬間但馬上放鬆，接著繼續說道：

「沉睡騎士一開始有九個人。但是加上姊姊在內，已經有三個人不在了……所以我和朱涅他們討論之後，決定在下個人消失時解散公會。在那之前，我們要共同創造一個美好回憶……好好進行一場將來能驕傲地說給姊姊聽的冒險……」

「………」

「我們最初認識的地方，是在醫療體系網路裡一個叫做『寧靜花園』的虛擬收容所。即使病症不同，但在廣義上來說擁有相同境遇的一群人，可以在VR世界裡互相談心、遊戲，充實地度過人生最後一段路……這便是那個伺服器的營運目的。」

來到醫院聽完倉橋醫生所說的話之後，亞絲娜心裡已經約略感覺到，包含有紀在內的沉睡騎士成員之所以都那麼地堅強、開朗、寧靜，可能就是因為他們都有相同遭遇的緣故。

即使早有這種想法，有紀所說的話還是無比沉重地積在亞絲娜心裡。朱涅、阿淳、提奇、小紀、達爾肯的開朗笑容依序閃過她的腦海。

「亞絲娜，抱歉沒有跟妳說實話。沉睡騎士在春天時就要解散的理由，不是因為大家都開始忙碌而決定不再玩遊戲。而是因為有兩個人已經被宣告生命最長不超過三個月了。所以……所以，我們才會那麼希望在這個美麗的世界裡，創造最後的回憶。我們想在那個大紀念碑上，留下彼此曾經存在的證據。」

有紀的聲音再次開始顫抖。然而亞絲娜也只能在抱緊她的雙臂上多加一些力道而已。

「但我們的攻略卻一直很不順利……大家討論之後，決定找一個人來幫助我們。其實也有人反對這麼做。因為那人要是知道我們的事情，一定會感到困擾、會留下不好的回憶。結果現在真的是這樣……抱歉……真的很抱歉唷，亞絲娜。如果可以……請妳忘了我們吧……」

「怎麼可能！」

簡短回答完後，亞絲娜便將臉頰靠到有紀的頭上。

「我從來沒有覺得困擾，更不會認為那是段不好的回憶。能夠與有紀你們相遇、能夠幫助你們攻略魔王，我真的很高興。我現在依然……想要加入沉睡騎士啊！」

「……啊……」

有紀的呼吸以及身體都瞬間為之一震。

「我……真的很高興能來到這個世界並且與亞絲娜相遇……有妳剛才那句話就夠了，我已經很滿足……沒有任何遺憾了……」

「…………」

亞絲娜把雙手放在有紀肩膀上，靜靜地把身體移開，近距離凝視閃爍著淚光的紫色眼珠。

「妳還有很多事沒做吧……？阿爾普海姆也有很多地方是妳還沒去過的……若把其他ＶＲ世界也算進去，這世界可是無限寬廣的啊。所以不准說什麼妳已經滿足了……」

亞絲娜雖然拚命對有紀訴說，但對方卻只是露出看著某處的憂鬱眼神微笑。

「這三年裡……我們已經在各種世界裡進行過各式各樣的冒險了。我希望，人生最後一頁是與亞絲娜共同創造出來的回憶。」

「但是……妳還有未完成的事情以及想去的地方吧……」

感覺要是點頭同意有紀所說的話，眼前這名少女便會瞬間消失在晨靄後面，因此亞絲娜拚命地試著說服對方。這時，有紀將視線由遠方某處移回亞絲娜臉上，並且露出在魔王攻略中看過好幾次的惡作劇般微笑。

「是啊……可以的話我想到學校去看看。」

「學……學校？」

「我偶而會去假想世界裡的學校，但總覺得太過安靜、漂亮與拘謹了。我想再去一次很久以前曾讀過的那種真正的學校。」

她再度眨眨眼睛並且笑了一笑，接著才很不好意思地縮起脖子。

「抱歉，我知道這是不可能的。我很感謝亞絲娜的心意。不過，我真的很滿足了……」

「——說不定真的能去。」

「……咦？」

有紀連連眨眼，一臉認真地看著亞絲娜。亞絲娜拚命喚醒腦中的某些記憶，再度開口：

「說不定真的能去學校唷……」

10

隔天一月十二號，下午十二點五十分，第二校舍三樓北端。

在稍微能聽見一點午休時間喧囂的電腦教室裡，明日奈挺直了背部坐在椅子上。

運動外套型的制服右肩上，有個以細長安全帶固定、直徑大約七公分左右的半球型機械。它的底部是切割鋁金屬後所製成，而半球體部分則是透明的壓克力製，由此可以見到放在內部的鏡頭構造。底部的插座裡伸出兩條連接線，一條連接到放在亞絲娜上衣口袋裡的手機，另一條則接著放在附近桌上的電腦。

和人及另外兩名跟他一起上電子機械學的學生，從剛才就在電腦前交頭接耳，聊著像咒文般的話語。

「我就說這樣陀螺儀太敏感了。如果想要以視線追隨性為優先，就得再調整一下這裡和這裡的參數才行。」

「但這樣一來，忽然有動作時不是會產生延遲嗎？」

「這方面就只有期待最佳化程式的學習效果啦，和人。」

「桐人，還沒弄好嗎？午休時間都要結束了！」

被強迫固定姿勢三十分鐘的明日奈發出焦急的聲音，和人便「嗯～」一聲抬起頭來。

「那初期設定就先弄到這裡好了。那個——有紀小姐，妳聽得見嗎？」

和人不是對明日奈而是對著半球型裝置說話。機械上面的麥克風裡，立刻傳出「絕劍」有紀本人精神飽滿的聲音。

『嗯～我聽得很清楚！』

「好，那我接下來要進行鏡頭周邊的初期設定，當妳能看見東西時，出個聲音好嗎？」

『了解。』

明日奈肩膀上的半球型儀器通稱「視聽覺雙向通信探測器」，是和人他們班上由今年起不斷進行實驗與改進的專題。

簡單來說，這台機器能透過AmuSphere與網路，讓虛擬世界裡的人直接與現實世界遠方的人進行視覺與聽覺的溝通。以探測器內部鏡頭與麥克風收集的檔案，將藉著明日奈的手機傳送到網路上，然後經由橫濱港北綜合醫院的Medicuboid，傳遞給潛行到專用假想空間裡的有紀。鏡頭能在半球體內隨著有紀的視線自由旋轉，傳送任何她想看見的影像。有紀現在應該有種身體變成十分之一大小後坐在明日奈肩膀上的感覺。

由於明日奈之前就聽和人提過許多關於這個研究題目的抱怨，所以一聽見有紀表示想到學校去時，馬上就想到可以利用這個儀器。

「嘰——」鏡頭調整焦距時的機器聲於右肩上響起，然後在有紀發出「看見了」的聲音時停了下來。

「好，這樣就可以了。亞絲娜，雖然我們有加裝安定裝置，不過盡量別做出劇烈動作啊。還有不要發出過於巨大的聲音。只要耳語程度的音量她就能聽見了。」

「好～我了解了。」

亞絲娜對著叮嚀一堆注意事項的和人伸了伸懶腰這麼回答，然後站起身來。看見和人拔起連接電腦的線後，她立刻對肩膀上的探測器小聲說：

「抱歉囉，有紀。原本想先帶妳在學校裡走一走，但午休時間已經結束了。」

小型麥克風裡馬上傳來有紀的聲音。

『沒關係，我更期待旁聽妳們的課程！』

「ＯＫ，那我們先去跟下一堂課的老師打聲招呼吧。」

對著在短期間內一口氣完成設定、臉上因此稍露疲態的和人等三人揮了揮手，明日奈便走出電腦教室。

經過走廊、走下樓梯以及通過校舍間的聯絡橋時，有紀不論見到什麼東西都會發出歡呼，但一來到掛著「教職員室」牌子的門前，她便忽然安靜了下來。

「……怎麼了？」

『嗯……我以前就不太喜歡來教職員室了……』

「呵呵，不要緊的。這間學校裡都是些不像老師的老師呢。」

明日奈笑著輕聲說道，然後迅速將門打開。

「打擾了！」

『打、打擾了。』

大小兩聲招呼同時傳進房間裡，接著明日奈便快步穿越一整排桌子前面。

第五堂課是國文，而上這堂課的教師之前是在都立中學擔任主任，退休之後才又自願到這所忽然成立的教育機構教書。他雖然已經將近七十歲，卻能夠順利操作校內各處的網路教學裝置，而那種充滿智慧的言行舉止也很受到明日奈歡迎。

因為知道老師的為人，所以明日奈認為他應該不會反對有紀旁聽，但還是有些緊張地說明整件事情。有著漂亮白髮白鬍的老師手中拿著大茶杯，傾聽明日奈訴說事情的經過。當她說完時，老師便點了點頭說：

「嗯，沒關係。對了，妳叫做什麼名字？」

『啊，我叫……木棉季──紺野木棉季。』

聽見探測器裡立刻傳來回答，老師多少有些感到驚訝，但他馬上就微笑著說：

「紺野同學，要是妳不嫌棄，以後也繼續來上課吧。我們今天要開始上芥川的《軌道礦車》，這一定得到最後才會覺得有趣。」

『好……好的，非常謝謝您！』

當明日奈也隨著有紀道完謝時，上課的預備鈴聲剛好響起，她急忙再度低下頭鞠躬告辭。一走出教職員室，兩個人便同時呼了一口氣。

互看一眼並笑出聲之後，明日奈便快步走向教室。

一坐回自己的位子，四周的學生立刻詢問她肩上的謎樣機器究竟是什麼，明日奈說明有紀目前正在住院，而有紀也實際說話後，大家便了解了原理，每個人都開始自我介紹起來。這一切告一段落時，上課鈴聲也正好響起，教師的身影隨即出現在門前。

在值日生號令下敬禮時——探測器裡的鏡頭也跟著上下移動——來到講台旁邊的教師先摸了摸下巴的鬍鬚，接著就跟平常一樣上起課來。

「嗯——那我們今天要開始上教科書的第九十八頁，芥川龍之介的《軌道礦車》。這是芥川三十歲時的作品——」

當教師在講解時，明日奈便拿起薄薄的平板電腦讓畫面顯示教科書的內容，接著為了讓有紀也能看見而將它拿到身體前方。但老師接下來的一句話，讓她差點把手裡的電腦掉到地上。

「——那麼，我們請同學從第一段開始朗讀一下吧。紺野木棉季同學，可以請妳唸一下這篇文章嗎？」

「啊？」

『什、什麼？』

明日奈與有紀同時發出驚訝的聲音。教室裡隨即產生一陣騷動。

「有問題嗎？」

在明日奈回答老師的問題前，有紀已經大聲叫道：

『沒、沒問題！』

探測器的麥克風似乎內藏著輸出功率充足的增幅器，這時連教室的角落都能很清晰地聽見有紀的聲音。明日奈急忙站了起來，雙手將平板電腦拿到鏡頭前。接著她把頭往右傾，輕聲這麼說道：

「有紀……妳、妳會唸嗎？」

『那當然。我平常也很愛看書呢！』

有紀回答後稍微停頓了一下，接著才以充滿精神的聲音開始朗讀起教科書的內容。

『……小田原與熱海之間的簡易鐵路鋪設工程，是從……』

手裡依然拿著電腦的明日奈靜靜閉上眼，將意識集中在有紀朗讀文章的抑揚頓挫上。

明日奈心中的螢幕，可以清楚看見與自己穿著相同制服的有紀就站在旁邊的位子上。明日奈確信，將來有一天這個光景會成真。醫學每年都有長足的進步。不久的將來，一定會開發出根絕HIV的藥物，而有紀就能夠回歸到現實世界裡。到時候，自己一定要握住她真正的手，介紹學校與附近的街道給她認識。放學後還要先到速食店去，邊吃漢堡邊聊些有的沒的。

明日奈為了不讓有紀注意到而悄悄擦乾眼角的淚水。有紀以充滿感情的聲音不斷朗讀著上個世紀的知名文章，而老師也一直沒要她停下來。剛過中午的校內變得異常安靜，簡直就像全校都在傾聽她朗讀一樣。

有紀也跟著一起上完第六堂課之後，明日奈便按照約定為她介紹校園環境。只是沒想到，有十幾個同學也跟了過來，每個人都爭先恐後地要跟有紀說話。

當最後好不容易只剩下她們兩人，而明日奈得以坐在中庭的板凳上時，天空已經染上一片橘子色了。

『亞絲娜……今天真的很謝謝妳。我好高興……我一定不會忘記今天的事情。』

有紀忽然以嚴肅的聲音這麼說道，而明日奈也反射性以開朗的聲音回答：

「妳在說什麼啊。老師不也說妳每天都可以來嗎？明天的國文課是第三節，妳不能遲到唷！話說回來……妳還有沒有什麼想看的地方？除了校長室之外應該都沒問題唷。」

有紀呵呵笑了一下，接著便陷入沉默。一陣子後才畏畏縮縮地說：

『那個……我有個想去的地方……』

「哪裡？」

『學校以外的地方也可以嗎？』

「咦……」

明日奈不由得閉上了嘴。她考慮了一下，但隨即判斷探測器的電池應該還撐得住，而且只要是手機能連上網路的地方，有紀應該就到得了。

「嗯，沒問題。只要是手機能收到訊號的地方就可以！」

『真的？那個……稍微有點遠就是了……我想麻煩妳帶我去橫濱的保土谷區，一個叫月見台的地方。』

明日奈與有紀從學校所在地的西東京市搭乘中央線、山手線然後轉乘東橫線，一路往橫濱市保土谷區前進。

雖然不至於在電車上竊竊私語，但走到馬路上時，明日奈便完全不在意周圍目光而不斷對肩膀上的雙向通信探測器說話。有紀沒想到在自己住院的三年之內，街景已經有了如此大的改變，於是只要是她有興趣的東西，明日奈便會靠過去並且加以解說。

由於沿途這樣走走停停，所以在目的地星川車站下車時，立在車站中央的大時鐘顯示已經過五點半了。

抬頭仰望由朱紅變成暗紫色的天空後，明日奈便深深吸了口氣。可能是附近的丘陵遍佈著許多森林吧，感覺上冷空氣的味道也與東京完全不同。

「這街道真是漂亮啊，有紀。天空看起來好寬廣。」

雖然她以開朗的語氣這麼說道，但有紀還是以很不好意思的語調回答：

『嗯……抱歉唷，亞絲娜。因為我任性的要求，把妳拖到這麼晚……妳家裡沒問題嗎？』

「不要緊啦！我晚歸是常有的事啦！」

雖然反射性地這麼回答，但實際上明日奈幾乎沒有在將近晚餐時間還沒回到家過，因為這麼做母親會非常不高興。然而，現在她卻覺得就算回家後被罵得狗血淋頭也無所謂。只要有紀希望，而探測器的電力依然充足，那無論要到多遠的地方去都沒關係。

「我傳封簡訊吧。」

明日奈以輕鬆的語氣說完，隨即拿出手機。她在保持與探測器連線的情況下開始打起簡訊，對自家電腦傳出了會晚一點回家的訊息。母親應該會先傳來怪罪無視門禁的簡訊，接著甚至會親自打電話過來，但只要手機持續連上網路，電話應該就會直接轉進語音信箱裡。

「這樣就ＯＫ了。那麼，有紀妳想去哪兒呢？」

『呃……在車站前向左轉，然後到了第二個紅綠燈再右轉……』

「嗯，了解。」

明日奈點點頭，接著開始往前走去，在有紀的指引之下順利穿越車站前的小商店街。有紀在經過麵包店、魚店，或者是郵局、神社的前面時，都會很懷念似的說上一兩句話。不久後她們來到住宅區，在看見有巨大狗屋的房子與枝葉茂盛的楠樹時，有紀嘆了一口氣。因此，就算有紀什麼都沒說，明日奈也知道這條街道是她以前生活的地方。而在兩人眼前等待她們的，就是——

『……前面轉彎之後，請在一棟白色屋子前停下來……』

明日奈注意到，有紀這麼說時聲音已經有些顫抖。她沿著有一整排光禿禿白楊樹的公園往右轉，馬上就看見左側有間貼著白色瓷磚的獨棟房子。

又往前走了幾步後，明日奈便在青銅製的大門前停下腳步。

『…………』

肩膀上的有紀吐出長長的氣息。明日奈不由得伸出左手手指放在探測器鋁製底部，並且對她低語：

「這裡……就是有紀的家吧。」

『嗯……沒想到我還能再次看見這房子……』

這棟有著白色牆壁與綠色屋頂的房子，與周圍的住宅比起來雖然顯得略小，但也因此擁有寬廣的庭院。草地上的桌子前附有白木製的板凳，庭院深處還有紅磚圍成的大花壇。

但是，目前桌子已經因為風吹日曬而褪色，花壇裡也只有黑色土壤與乾枯的雜草而已。兩側房子的窗戶裡都透出一家和樂的橘色溫暖光線，但白色房子的窗戶卻連擋雨板都放了下來，看起來就是一副沒人住的模樣。

不過這也是理所當然的事。過去曾一起在這棟房子裡生活的父母親與兩個女兒，現在只剩下一個人還活著。而最後一個人也待在氣密門後，躺在整群機械包圍的床上，已經沒辦法離開那個地方了。

房子在最後一點陽光照耀下變成深紫色，明日奈與有紀就這樣默默凝視著它。過了一會兒，有紀才低聲說了一句：

『謝謝妳，亞絲娜。謝謝妳帶我到這麼遠的地方來……』

「……要進去裡面看看嗎？」

要是被行人看見可就不妙了，但明日奈還是這麼問。然而有紀只是左右搖動著鏡頭說：

『不用，這樣就夠了。來……我們得快點回去，不然時間愈來愈晚囉，亞絲娜。』

「還早……再待一下應該沒關係。」

反射性這麼回答完，明日奈便轉身往後看去。細長道路的對面就是公園，而公園外圍則有石頭為底的樹牆環繞。

明日奈越過馬路，坐在膝蓋高度的石頭圍牆上。探測器的正面剛好可以捕捉到陷入長眠當中的小房子。在這裡，有紀的視野應該能看見整棟房子以及庭院才是。

兩人沉默了一陣子，有紀才平靜地開始說話：

『我們只在這裡住了不到一年……但當時的每個日子，我都記得非常清楚。我們之前住在公寓裡，所以這裡有庭院讓我非常高興。媽媽雖然擔心會染上併發症，但我和姊姊還是時常在院子裡到處跑。我們在那張凳子前面烤肉、還跟爸爸一起做書架呢。當時真的很快樂……』

「真棒耶，我從來沒有做過這種事。」

明日奈家裡有座可以說過於寬廣的庭院。但她卻不記得曾經和父母或哥哥在那裡遊戲過。她總是自己一個人扮家家酒或是畫畫。所以有紀所說的家庭回憶，便伴隨著強烈憧憬打動了明日奈的心。

『那麼，我們下次在第22層的妳家辦烤肉派對吧。』

「嗯！那就這麼說定囉……邀請我的朋友和朱涅他們都來參加……」

『嗚哇，那得準備許多肉才行唷。因為阿淳與達爾肯真的很能吃。』

「真的嗎？看起來不像啊！」

兩個人一起哈哈大笑，接著又再度將視線轉向有紀的家。

『現在呢……親戚們因為這間房子而吵得不可開交。』

有紀呢喃的聲音裡，又帶了一點寂寞的感情。

「吵得不可開交是指……？」

『像是要把它拆了改成便利商店還是要變成空地賣掉，又或者是直接出租等等……大家都有意見。前陣子呢，爸爸的姊姊甚至還完全潛行來跟我見面。明明她知道我生病之後，在真實世界就一直避著我……卻還跑到裡面……要我寫遺書……』

「…………」

一聽見這些事，明日奈便不由得屏住呼吸。

『啊，抱歉，我不應該隨便跟妳抱怨這些事情。』

「沒……沒關係啦——妳盡量說吧，說到妳舒坦為止。」

明日奈好不容易才擠出平靜的聲音。肩上的有紀聽見後，便以鏡頭頷首。

『那我繼續說囉。結果啊……我便這樣回答她：現實世界裡的我既沒辦法拿筆也沒辦法蓋印章，是要怎麼寫遺書呢？結果，姑姑她張大了嘴說不出半句話來。』

有紀說到這裡便呵呵笑了起來。而明日奈也隨著她露出微笑。

『然後呢，那時候我拜託她把這間屋子留下來。至於管理費，爸爸的遺產應該足以支付十年左右。但是……好像還是不行。我想多半會被拆掉吧。所以，我才想在那之前再看一眼這間房子……』

有紀應該正用鏡頭來放大房子的各個地方吧，明日奈的右耳可以聽見自動控制裝置傳來細微聲響。聽著這充滿有紀思念的聲音，內心感慨良多的明日奈終於把想到的事情說了出來。

「那……妳就這麼做吧。」

『咦……？』

「有紀今年十五歲對吧？等妳滿十六歲時，就和喜歡的人結婚。然後呢，那個人就能一直幫妳守護這間房子了……」

說完，明日奈才驚覺自己講錯話了。如果有紀真有喜歡的人，那麼那個人一定是沉睡騎士裡的某個男性成員才對，而這些成員全部都在跟難以治癒的疾病搏鬥當中。甚至有人已經被宣告只剩下幾個月可活。這也就是說，有紀就算結婚，狀況也不會有多大的改變，甚至有可能變得更加複雜，何況結婚這種事也得考慮到對方的狀況與感情才行……

但是有紀卻在沉默一陣子後，發出了「啊哈哈哈哈」的大笑。

『啊哈哈哈，亞、亞絲娜，妳真是太厲害了！原來如此，我倒沒想過有這種方法。嗯～說不定是個好方法唷。如果是結婚證書，我可能會拚命地試著著寫寫看呢——不過很可惜，我沒有對象啊～』

明日奈縮了縮脖子，對依然大笑著的有紀這麼問道：

「是、是嗎……？我看妳和阿淳兩個人感覺不錯啊。」

『啊——不行啦。他還只是個小孩子！對了……嗯……』

有紀忽然以帶了點惡作劇意味的聲音說：

『亞絲娜……妳要不要和我結婚？』

「咦……」

『啊，不過這樣的話可要亞絲娜妳嫁過來唷。不然我就會變成「有紀有紀」（註：日本結婚後女方需改為男方姓氏。而「結城」的發音與「有紀」相同）了。』

當有紀呵呵笑時，明日奈只能在旁邊翻白眼。雖然每年媒體都報導日本也跟美國一樣準備在法律上承認同性間的婚姻，但最後還是沒有提出法案——瞬間想到這兒的明日奈十分動搖，有紀則再度發出愉快的笑聲。

『抱歉抱歉，我開玩笑的。亞絲娜已經有心儀的人了對吧？就是那個幫我調整鏡頭的人沒錯吧……』

「咦……那個……嗯，是啦……」

『妳要小心一點唷～』

「什麼……？」

『在與我不同的意義上，那個人似乎也活在非現實的世界裡。』

「…………」

雖然明日奈想仔細思考有紀的話究竟是什麼意思，但混亂的腦袋無論如何就是冷靜不了。

她悄悄抹了抹自己發紅的臉頰，而有紀則用鏡頭看了一下友人的側臉，才又用平穩的聲音說：

『真的很謝謝妳，亞絲娜。能夠再度看到這間房子，我已經很滿足了。就算將來房子消失，記憶還是會留在這裡。我和爸爸、媽媽還有姊姊一起生活的快樂回憶，永遠都會在這裡……』

明日奈知道有紀所說的「這裡」，指的並不是蓋著房子的土地，而是指自己的心裡。這棟房子溫柔平穩的姿態，也已經在明日奈心裡留下了深刻印象，於是她用力點了點頭。

而有紀則繼續說道：

『……我和姊姊如果因為吃藥太辛苦而哭泣，媽媽就會跟我們說耶穌的故事。她說，主耶穌不會給我們無法忍受的痛苦。然後我與姊姊就會和媽媽一起禱告，但當時我心中其實有點不滿。因為我想聽的不是聖經，而是媽媽自己的話……』

在短暫的時間裡，天空已經完全變成深藍色，甚至還有顆明亮的紅色星星開始閃爍。

『但當我再度看見這間房子時，我就懂了。媽媽其實一直都在對我說話。她用的不是言語……而是用她的心意包容我。她不斷幫我祈禱，讓我到最後都能一路勇往直前……我現在終於懂了。』

明日奈眼中，似乎也能看見跪在白房子窗邊朝星空祈禱的母親及兩個女兒。她就像被有紀平靜的聲音所引導一般，將從以前就一直卡在心底深處的話說了出來。

「我也……我也……一直聽不見媽媽的聲音。就算面對面說話，也聽不見她的心。我說的話她也從不試著理解。有紀，妳之前說過有時得用強硬的手段，對方才能感受到自己的心意，對吧？要怎麼做才能跟有紀妳一樣……？該怎麼做，才能變得跟妳一樣堅強呢……？」

對父母雙亡的有紀來說，這些話或許會觸動她內心的傷口也不一定。如果是在平常，明日奈一定會這麼想，然後便無法說出口。但現在這一刻，有紀透過肩上探測器傳來的堅強與溫柔，徹底融化了覆蓋在明日奈心頭的障壁。

有紀以有些困惑的聲音回答明日奈的問題：

『我……一點都不堅強唷？』

「沒那回事。妳才不會像我這樣因為別人的臉色而膽怯、退縮。妳總是……總是那麼的自然。」

『嗯……但是呢，我從前還在現實世界生活時，也時常覺得在扮演不像自己的角色。我知道，爸爸媽媽一直對生下我和姊姊這件事感到很抱歉……所以我一直認為，必須為了他們表現出充滿活力的樣子，裝出完全不在乎生病的模樣。可能就是這樣，我才會連進入Medicuboid之後也只能表現出這種模樣的自己。或許，我本來應該是個怨恨周遭所有事物，每天都不斷大聲哭喊的孩子也說不定。』

「……有紀……」

『但是，我後來又這麼想。就算是演技也沒關係……就算只是故作堅強也無妨，只要能增加臉上掛著笑容的時間，那就夠了。妳也知道我的時間不多……所以我總覺得，在和別人接觸時，要是還帶著各種顧忌躲在遠處揣測對方心情，不是太浪費時間了嗎？倒不如一開始就展現最真的自己。就算因此而被對方厭惡也沒關係，畢竟我靠近過那個人的內心深處了。』

「……說的也是……就是因為有紀的這種態度，才會讓我們在短短幾天之內就變得這麼要好……」

『不對，這才不是因為我。而是因為我就算逃走了，亞絲娜還是鍥而不捨地追來。昨天——我看見在觀察室的妳、聽見妳的聲音之後，就完全了解妳的心意了。當我了解，這個人就算知道我生病的事，也還是願意再見我一面時……真的……真的高興到快哭出來了。』

有紀的聲音稍微哽咽了一下，接著才繼續說下去：

『所以……試著用那時的心情跟妳媽媽談談吧。我想只要有意願，對方一定能了解妳的心情。沒問題的，亞絲娜妳比我堅強多了，真的喔。有時，只有不顧一切，對方才能感受到自己的心意……就是因為亞絲娜直接到我身邊來表露真心，我才覺得「如果是這個人，一定可以把自己的一切托付給她」。』

「……謝謝妳。真的很謝謝妳，有紀。」

好不容易擠出這句話後，明日奈就為了不讓眼角的淚水溢出而抬起了頭。她也因此發現，在首都圈這不會完全變暗的天空裡，還是可以看見好幾顆不輸給人造光線而努力閃爍的星星。

當她們回到車站時，探測器的電池警鈴忽然響了起來。明日奈與有紀約好明天一起上課後，便切斷了手機的連線。

當明日奈再度搭乘電車回到世田谷區的自家時，已經超過晚上九點了。

少女聽著打開門鎖的聲音在沉澱了冰冷空氣的玄關大廳裡發出巨大聲響，同時深深吸了一口氣。她右肩上還殘留著有紀坐在肩膀上時的重量。用左手輕輕押了一下溫暖的該處後，明日奈便脫下鞋子快步走向自己房間。

她換成室內服後，立刻來到走廊上。目的地是同在二樓深處的哥哥·浩一郎的房間。雖然覺得與父親同樣幾乎都不在家裡的浩一郎現在應該也還沒回來，不過明日奈還是敲了敲門，而裡面果然沒有回應。她便像過去ＳＡＯ首日營運時那樣，擅自打開房門走了進去。

裡頭沒有什麼擺設。單調的房間中央，放著一張相當大的辦公桌。而明日奈想找的東西就在桌子左手邊。那是浩一郎為了在假想空間裡開會而使用的AmuSphere。

浩一郎的AmuSphere可以說比妹妹那台新了好幾倍，明日奈一把抓起這頂頭盔便回到自己房間。接著她在機器側面的插卡槽裡插入安裝好ＡＬＯ艾恩葛朗特版本的記憶卡，然後躺在床上，將浩一郎的AmuSphere調整到適合自己頭部的大小後戴了上去。

一打開電源開關，機器馬上開始連線設定，接著她就被傳送到ＡＬＯ的登入空間裡。但潛入精靈國度的明日奈這時不是使用熟悉的主帳號，而是想要變成別人時才偶爾使用的副帳號。

她出現的地點，一樣是第22層森林之家裡的客廳。但身體並非熟悉的水精靈「亞絲娜」，而是名為「艾莉佳」的風精靈。她檢查了一下服裝，將掛在腰際的兩把短劍收進櫃子裡。然後馬上叫出選單，按下暫時登出的按鍵。

經過短短幾十秒的潛行後，明日奈馬上又回到現實世界裡自己的房間。她雖然拿下了頭上的AmuSphere，但機器上的藍色連線顯示燈卻還不停閃爍著。這表示與ＶＲ世界的連線處於暫停狀態，只要再度戴上頭盔並按下電源開關，就可以直接跳過登入程序回到遊戲裡頭。

明日奈手上拿著哥哥的AmuSphere，直接站起身來。藉由高效能路由器與高涵蓋範圍的無線網路，無論在家裡的哪一個角落都能夠保持連線。

她打開房門再度來到走廊上，這次以稍微有些沉重的腳步走下樓梯。

看了一下一樓的客廳以及飯廳，桌上果然已經收拾乾淨，而且到處都看不見母親的身影。明日奈直接往深處走去，在走廊上轉了一個彎後，看見盡頭房門下方稍微透出一絲光芒。那裡是母親的書房。

她在房門前停下腳步，準備敲門而舉起的右手卻遲遲無法行動。

從什麼時候開始，來母親房間竟然變成讓人如此恐懼的事情了？明日奈咬著嘴唇這麼想。

但之所以會變成這樣，其實有大部分原因是出於明日奈自己身上吧。因為自己沒有認真傳達心情，所以母親也無從了解女兒真正的心意。是有紀讓她注意到這一點。

少女感覺有隻小手推了一下自己的右肩。同時還有一道聲音響起：

——沒問題的。亞絲娜一定辦得到……

明日奈點點頭，用力吸了口氣，接著用力敲門。

很快地，「請進」的細微聲音由門後面傳來。明日奈轉開門把，由門縫裡側身進入房間，順手把門帶上。

京子面對厚重的柚木桌子，手指不斷在桌上型電腦的鍵盤上移動著。她就這樣高聲打了一陣子鍵盤之後，才更用加力地按下輸入鍵，然後把身體靠在椅背上。母親推著眼鏡看向女兒的眼神裡，似乎帶著平常看不見的不耐煩。

「……為什麼這麼晚才回來？」

京子才這麼說，明日奈便馬上低頭道歉。

「對不起。」

「晚餐我已經處理掉了。肚子餓的話，自己在冰箱裡找點東西吃。之前跟妳提過的轉學申請表期限只到明天。明天早上之前一定要完成。」

京子話才剛說完，手就要移回鍵盤上，而明日奈便搶先對她說出準備好的話語。

「媽媽，關於這件事……我想跟妳談一談。」

「說說看。」

「在這裡沒辦法說明。」

「那要在哪裡說？」

明日奈沒有馬上回答，只是走到京子身邊，然後以左手伸出原本吊在身體後面的東西——處於暫停狀態中的AmuSphere。

「VR世界……只要一下下就好了，我希望妳用這個跟我到一個地方去。」

才瞄了一眼銀色的圓環，京子就像看見什麼討厭的物品般深深皺起眉頭。接著像要表示沒什麼好說的般揮動右手。

「我才不戴那種東西。既然連面對面都沒辦法說明，那我也不想聽了。」

「媽媽，拜託妳。請妳務必看一下這個東西。只要五分鐘就好了……」

若是平常，明日奈會道歉並離開房間。但她現在卻又往前踏出一步，從近距離看著京子，再度開口說：

「拜託妳。一定要到這裡，才能說明我現在的感受與想法。只要一次就好了……我想讓媽媽看看我的世界啊！」

「…………」

眉頭皺得更深的京子，只是緊閉著嘴盯著明日奈看，但數秒鐘後她便深深嘆了一口氣。

「——五分鐘而已啊。還有，無論妳說什麼，媽媽都不準備讓妳繼續待在那間學校裡了。說完以後，妳就要好好地寫申請表。」

「好的……」

明日奈點了點頭，將左手上的AmuSphere遞出去。京子雖然繃著臉一副不願意觸碰這種東西的模樣，但還是接過裝置，以僵硬的動作將它戴到頭上。

「這個要怎麼操作？」

明日奈迅速地調節AmuSphere上的帶子，然後開口說：

「打開電源後它就會自動連線。到裡面之後先在那裡等我一下。」

京子輕輕點了點頭，將身體靠在椅背上，接著明日奈便按下AmuSphere右邊側面的電源開關。網路連線顯示燈立刻亮了起來，大腦連線顯示燈開始不規則地閃爍。京子的身體馬上就失去了力量。

明日奈急忙衝出書房，全力跑過走廊與樓梯回到自己房間。她往床上一跳，直接將平常使用的AmuSphere戴在頭上。

按下電源開關後，眼前馬上出現放射狀光芒，而明日奈的意識也隨之離開現實世界。

明日奈以主角色水精靈的模樣降落在熟悉的白木製客廳，隨即環顧四周尋找「艾莉佳」的身影。而她馬上就看見了——有著淺綠色短髮的風精靈少女，就站在餐具櫃旁邊的全身鏡前打量自己。

亞絲娜靠近之後，艾莉佳／京子便稍微往後轉身，以跟現實世界裡完全相同的動作皺眉。

「看見不同的臉孔按照自己的意思活動，總覺得很奇妙。而且……」

她用腳尖讓身體上下跳動了一下。

「身體輕得有些奇怪。」

「那是當然。這個角色的體感重量大概只有四十公斤左右。應該和現實生活的媽媽相差滿大的才對。」

亞絲娜夾雜著微笑這麼說完，京子便再度不悅地皺起眉頭。

「沒禮貌，我才沒那麼重呢——話說回來……妳在這裡的臉倒是跟現實世界一樣啊。」

「嗯……是啊。」

「不過，本人的輪廓似乎比較腫一點。」

「媽媽妳才沒禮貌呢。和現實世界裡的我完全一樣啦。」

兩人說話時，亞絲娜便在想——上次像這樣輕鬆地和京子說話，究竟是多久以前的事呢？

雖然很想繼續這樣交談下去，但京子已經將兩手環抱在胸前，表現出閒話休提的態度。

「沒時間了。妳想讓我看什麼？」

「來這邊……」

亞絲娜輕聲嘆了口氣橫越客廳，打開平常用來當成道具倉庫的小房間。等京子踩著虛浮的腳步走來，亞絲娜便帶她到房間深處的一扇小窗戶前面。

朝向南方的客廳，可以眺望長滿草皮的廣大庭院與小徑，以及平緩山丘與後方小湖那兒如畫的美景。但朝北的雜物間窗戶就只能見到長滿雜草的後院以及小河流，還有相當靠近的針葉林。而且這個季節幾乎所有物體都埋在雪裡，只能看見相當單調的景色。

但這正是亞絲娜想讓京子看的東西。

亞絲娜打開窗戶之後，看著深邃的森林這麼說道：

「如何，妳不覺得很像嗎？」

京子再度皺起眉毛，輕輕搖了搖頭說：

「像什麼東西？只不過是很普通的杉樹林而──」

她接下去要說的話就像被吸走般消失了。京子半張開嘴，像在眺望遠方般看著窗外景色。

亞絲娜這時靜靜對著她的側臉呢喃：

「妳也想起外公外婆的家了……對吧？」

明日奈的外公外婆──京子的雙親──在宮城縣的山裡務農。他們家位於穿越險峻山谷後

的一座小村莊裡，田地全都是在山腰上開拓出來的梯田，而且耕作時完全沒有機械幫忙。主要的農作物是稻米，但收穫量只足夠一家人一年份的糧食。

在這種環境之下還能夠供京子上大學，靠的都是祖先留下來的一小座杉山。他們老舊的木造房子建在山腳下，當坐在房子的走廊邊緣時，就只能看見小小的庭院與小河，以及深處的杉樹林而已。

但是跟京都的結城本家比起來，明日奈從小就比較喜歡到「宮城的外公外婆家」去。每年寒暑假時，她都會央求大人帶她到這裡來，然後她便會和外祖父母睡在一起，聽兩人說許多民間故事。夏天時她會坐在走廊上吃刨冰，而秋天則是和外祖母一起曬柿子乾。雖然在那裡有各式各樣的回憶，但明日奈記得最清楚的，就是寒冬時躲在舊式被爐裡，一邊吃著橘子一邊凝視窗外杉樹林的情景。

外祖父母雖然不懂森林究竟有什麼好看，但明日奈只要看著白色雪景裡連綿不斷的黑色樹幹，就會有種心靈整個被吸進去的感覺。自己就像在積雪下方洞穴裡等待春天來臨的小老鼠般，被一種有點畏懼但又溫暖的不可思議感動所包圍，就這麼不斷凝視著那片杉樹林。

外祖父母在明日奈中學二年級時相繼去世。梯田與小山全被賣掉，沒人住的房子也拆了。

所以，當明日奈在這個無論物理上或是幻想上，都與宮城山間小村差了十萬八千里的艾恩葛朗特裡買下第22層的木屋，並且從北側窗戶看見這覆蓋在大雪下的針葉林時，心裡立刻充滿了幾乎讓她流下眼淚的鄉愁。

明日奈也很清楚，京子完全不懷念那貧困的農村生活。但她無論如何就是想讓京子看看由這窗子眺望出去的風景。她想讓母親再次目擊這過去每天都能見到，卻努力想要將其忘記的景色。

不知不覺間約定好的五分鐘已經過去，但京子仍舊無言地看著杉樹林。亞絲娜來到她身邊，緩緩開始說道：

「還記得我中學一年級盂蘭盆節（註：相當於中元節，但日本更為重視其返鄉祭祖的含意）時的事情嗎？就是爸爸媽媽和哥哥都到京都去了，只有我一個人固執地表示一定要去宮城，結果也真的自己跑去的那件事。」

「………我記得。」

「那時候呢，我向外公和外婆道歉了。說媽媽沒辦法過來掃墓，實在很對不起。」

「當時……是因為結城本家有非得出席不可的法會……」

「不，我不是在責怪媽媽。因為……當我道歉時，外公他們馬上從餐具櫃裡拿出一本厚厚的相簿。看見內容後，我真的嚇了一大跳。裡面不論是媽媽一開始的論文、還是投稿到各種雜誌上的文章、或者是接受採訪的報導，全都歸檔整理得相當漂亮。甚至連刊在網路上的文章，都列印下來貼在上面了。但他們兩位應該完全不知道怎麼使用電腦才對……」

「結果，外公便一邊給我看相簿內容，一邊這麼說道。他說，媽媽是他最重要的寶物。還說媽媽離開村子去讀大學，然後成為學者在各種雜誌上發表文章，愈來愈有成就，這真的讓他非常高興。媽媽因為論文或學會而忙到連盂蘭盆節都無法回家，本來就是理所當然的事，而他們也從來沒有覺得不滿……」

京子只是一直凝視著森林，默默聽著亞絲娜說話。她的側臉看起來沒有任何表情。但亞絲娜還是拚命動著嘴巴：

「之後，外公又加了這麼一句話。他說——說不定哪天媽媽會覺得累了，想要休息一陣子，或者想回頭想確認一下自己一路走來的軌跡。而他們必須為了那個時候的到來守護這個家……為了哪天媽媽需要人支持時，能夠跟妳說聲『妳還有這裡可以回來』，他們得一直守護這個家與這座山。」

亞絲娜說著，腦中又想起目前已經不存在的外祖父母家，然後將它和幾個小時前才見過那棟白色小房子重疊在一起。它們都是心靈的歸宿。就算物理上已經消失不見，還是會永遠存在於某些人的心裡。對於亞絲娜來說，這個假想世界裡的「森林之家」就是這樣的地方。

這個房子總有一天會再度消滅。但在某種意義上，它絕對不會真正消失。因為，所謂的家並非有形的建築——而是像外祖父母他們一直保持的心靈、感情以及生活方式等無形的東西。

「——我以前無法完全理解外公所說的話，但最近我終於可以了解了。不是只有一直為了自己努力才叫做人生……把某個人的幸福當成自己的幸福，也是一種生活方式。」

亞絲娜的腦海裡瞬間浮現桐人和莉茲貝特等人，以及有紀與朱涅他們的臉龐。

「……我想選擇能讓周圍的人都露出笑容的生活方式，想過一個只要有人感到疲倦就能隨時支援他們的人生。因此——我想在目前這所鍾愛的學校裡，多吸收一些學問與其他知識。」

亞絲娜不斷思索著用詞遣字，好不容易才說出這些話來。

但是京子還是閉緊嘴巴，持續看著眼前的森林。她深綠色的眼睛裡只有茫然的光輝，無法藉此看穿她內心的思緒。

小房間就這樣被寂靜籠罩了幾分鐘。巨木下方的雪原，有兩隻像兔子的小動物嘻鬧著跳過。亞絲娜的視線頓時被牠們吸引過去，但當她看回京子的側臉時，馬上就屏住了呼吸。

京子像白磁般晶瑩剔透的臉頰上滑下了一道淚，不斷滴到地面上。她的嘴唇雖然微微顫動，卻聽不出到底在說些什麼。

過了一陣子，京子才終於發現自己正在哭泣，急忙用雙手擦拭臉龐。

「等等……怎麼搞的，我可沒有要哭啊……」

「……媽媽，在這個世界裡是沒辦法隱藏眼淚的。想哭的時候，沒人能忍住淚水。」

「這還真是不方便。」

吐出這句話後，京子還是不斷揉著眼睛，最後才像放棄般改用雙手遮住自己的臉。過了一陣子，從她喉嚨深處傳出細微的嗚咽聲。亞絲娜猶豫了好幾次，最後才悄悄地把手放在京子微微顫抖的肩膀上。

隔天早上。

早餐時坐在桌前的京子已經恢復往常模樣，眼睛看著平板電腦上面的新聞。明日奈道過早安後，兩人便無言地吃完早餐，而明日奈也做好母親將命令她交出轉學申請書的心理準備。但京子卻只是以比平常稍微嚴厲一點的眼神看著明日奈，然後唐突地說道：

「妳已經做好一生支持某個人的心理準備了嗎？」

明日奈急忙點了點頭。

「嗯……嗯。」

「——但是，得先讓自己有堅強的實力才能支援別人喔。所以妳一定要讀完大學。為了能上好的大學，妳下學期得拿到比現在更好的成績才行。」

「……媽媽……那轉學的事情……」

「我不是說了嗎？看妳的成績來決定。好好加油吧。」

京子說完之後便站了起來，快步離開飯廳。明日奈暫時凝視著高聲關上的門，然後悄悄低下頭，低聲說了句「謝謝媽媽」。

在換好制服、拿著書包離開家之前，明日奈一直保持心懷感謝的嚴肅態度，但一踏出家門，她馬上就在結了一層薄冰的路面上全力跑了起來。臉上也自然地洋溢著笑容。

她很想立刻告訴和人，可以一直跟他讀同一所學校了。也很想立刻跟有紀傾訴，她好好跟母親溝通過了。

明日奈穿梭在往車站前進的人群中。在到達車站前，她一直無法壓抑自己想微笑的心情。

三天之後，亞絲娜按照與有紀的約定，在森林之家的前院舉行了盛大的烤肉派對。

參加者有桐人、莉茲貝特、克萊因、莉法、西莉卡等老夥伴，以及有紀與朱涅等沉睡騎士的成員。此外連朔夜、亞麗莎、尤金等部分種族的領主和他們的親信也都來了。為了填飽這多達三十人以上的大集團，他們甚至組成了狩獵食材的小隊。

在乾杯之前，亞絲娜先把沉睡騎士的眾人介紹給大家認識。她雖然隱瞞了生病的事情，但在有紀等人的同意之下，把他們是遊走於各個ＶＲＭＭＯ世界的精英集團，以及解散前希望能夠在ＡＬＯ裡留下回憶的事情都跟其他人說了。

只靠七人便攻略了第27層魔王的神秘公會謠言，還有在決鬥中勝過六十人以上的「絕劍」傳說，似乎早已在阿爾普海姆裡廣為流傳，所以朔夜、尤金等人馬上就開始邀請他們加入自己的陣營。有紀雖然笑著婉拒了他們，但如果沉睡騎士真的變成某個種族的傭兵，那麼精靈九部族的勢力均衡一定會產生重大變化，也會給予現在營運當中的第二版最終任務相當大的影響才對。

熱鬧的乾杯儀式後，宛如秋風掃落葉的宴會便開始了，亞絲娜與有紀一起大吃大喝然後盡情談心。在宴會上甚至出現了乾脆連第28層魔王也攻略下來的言論，然後眾人便趁勢舉行了突破第28層迷宮區之旅，而且就這樣一大群人衝進最上層直接幹掉巨大的甲殼類型魔王怪物，不過這又是茶餘飯後的閒談了。

很可惜的是，只有有紀與擔任小隊長的桐人等幾人的名字刻在劍士之碑上，但大家約定好第29層要讓給沉睡騎士成員攻略後，便就此解散了。

除了在阿爾普海姆內的冒險外，現實世界裡有紀也每天利用雙向通信探測器參加明日奈他們的課程。她甚至去訪問了川越的桐谷家，也到艾基爾在御徒町的咖啡廳去玩過了。

有紀從初次相遇開始，就對感覺過於敏銳的和人保持著戒心，但兩人都是單手直劍的使用者，在交談之後有紀馬上就解開了心結，與和人熱切進行著ＡＬＯ內的劍技使用以及現實世界裡探測器發展型態的辯論。兩人熱絡的程度，有時甚至連亞絲娜也覺得有些吃醋呢。沉睡騎士的其他成員也和莉茲貝特與莉法等人變成好朋友，一起策劃出許多有趣的活動。

時間來到了二月。

亞絲娜與沉睡騎士成員按照約定以單一隊伍攻略下第29層的魔王之後，阿爾普海姆裡已經沒有人不知道他們的名號。而月中舉行的統一決鬥大會裡，東方組別的桐人與西方組別的有紀分別以破竹之勢不斷累積勝場，到了決勝戰更有網路電視台「ＭＭＯ動向」進行實況轉播，把整場活動的氣氛炒熱到最高潮。

在無數玩家屏息注視之下，有紀與桐人分別使出包含自己ＯＳＳ在內的高級劍技，展開了一場異常華麗的激戰。當這場長達十分鐘的比賽最後在有紀以神技般的十一連擊打敗桐人時，觀眾立刻發出足以震撼整個虛擬世界的歡呼聲。

打敗締造許多傳說的桐人——雖說他沒用二刀流——登上第四代統一大賽冠軍的「絕劍」有紀，名聲已經跨出了ＡＬＯ這款遊戲，變成The seed連結體裡家喻戶曉的知名人士。

轉眼間來到三月。

在期末考裡確實遵守與母親約定的明日奈，目前在肩膀上放著通信探測器，與里香、珪子、直葉還有手機裡頭的結衣一起出門進行三天兩夜的京都之旅。這時候探測器所收集的情報已經可以同時分送到複數的用戶端裡，所以除了有紀之外，朱涅與阿淳等人也可以跟她們同遊京都，而明日奈在介紹各個名勝時也就更加起勁了。

晚上的住宿地點，則充分利用了結城本家寬廣的房間，節省下來的預算便到光鮮亮麗的京都料理店大吃了一頓，但食物的味道實在沒辦法藉由探測器傳送給眾人，有紀他們便不斷抱怨明日奈等人真是太狡猾了。最後明日奈只好跟他們約定在ＶＲ世界裡做出同樣口味的料理，而明日奈隨後也因此在ＶＲ廚房軟體裡辛苦了好幾天的時間。

一切就像夢一般轉瞬即逝。亞絲娜與有紀在假想世界與現實世界裡一起經歷了十分漫長的旅行。她們還有許多想一起去的地方，而亞絲娜也相信她們仍然有許多時間。

距離四月還剩下幾天的某個日子裡，由鄂霍次克海移動過來的冷氣團，讓關東一帶下了一場這個季節很少見的大雪。

彷彿要完全覆蓋住春天氣息的厚重積雪，在微弱日照下正要開始融化。

此時，明日奈的手機接到了來自倉橋醫師的消息，表示有紀的病情忽然急轉直下。

11

明日奈凝視著手機小小螢幕上的簡短訊息，心裡不斷重複著同一句話。

這怎麼可能。

這怎麼可能呢？最近有紀很有活力地參與各項活動，倉橋醫生還說她腦部的淋巴瘤已經停止惡化了。近年來，也有許多在感染ＨＩＶ之後抑制病毒長達二十年以上的病例。有紀現在才十五歲而已……她的人生才剛要開始而已啊！雖說病情惡化，但至今為止也已經有過好幾次伺機性感染的嚴重併發症了，所以有紀這次一定也能撐過去才對。

但明日奈心裡也有了另一種預感。這是醫師第一次直接傳簡訊給她。換言之，這應該是個通知──那一刻終於要到了。明日奈每晚在床上都會懷抱恐懼想像著那一刻，但馬上又會努力甩開那種念頭。如今時辰就要到了。

少女在內心兩種對立念頭的煎熬下，在原地愣了好幾秒鐘，最後終於用力眨眨眼睛，準備傳送新的簡訊。她傳了同樣內容的簡訊給桐人、莉茲貝特等人以及朱涅他們。結束之後，明日奈迅速脫下室內服，由於不想浪費時間在挑選外出服裝上，於是她機械地換上學校制服。穿上鞋子衝出家門後，下午的柔和日光隨即由路旁白色殘雪反射到明日奈眼裡。

三月底的禮拜天，下午兩點。街上行人像等不急春天到來一般，以雀躍的心情漫步在路上。明日奈通過他們身邊，全力衝向車站。

她已經記不得自己到底是怎麼確認電車方向與轉乘電車了。等回過神來時，明日奈才發現自己正跑過距離港北綜合醫院最近的車站剪票口。她的腦袋深處像是有重白色光暈一般，破碎的思緒不斷浮現又消逝。

少女用力一咬牙，嘟囔了一聲「有紀，等我啊」，便跑進了剛好來到候車處的計程車裡。

申請探病的櫃檯似乎已經事先接到通知了。當明日奈打開緊繃的嘴唇說明來意後，護士馬上遞出通行證，要她趕快到中央病房大樓的最上層去。

明日奈焦躁地等待著表示電梯樓層的數字不斷上升，更在門一打開的瞬間立刻衝了出去。她粗魯地將通行證貼在安全防護門的掃描器上後通過閘門，即使知道違反規定也還是再度跑了起來。靠著記憶穿越白色無機質通道、並在最後的轉角轉彎之後，通往有紀沉睡地點的無菌室大門總算出現在視野中。

——但是在這一刻，明日奈只能瞪大眼睛呆立在現場。

兩扇並排的大門裡，眼前這扇應該是通往觀察室的入口。而深處大大地寫著嚴禁事項的，就是裝設氣密門的無菌室。先前明日奈來這裡時固若金湯的大門，現在已經完全敞開。當她茫然注視著眼前光景時，門內有位穿著一般護士服的醫護人員快步朝她走了過來。

那人一看見明日奈便輕輕點了點頭，從她旁邊經過時還低聲說了句「請快點進去」。在聲音催促下，明日奈搖搖晃晃地往前走了幾步，卻在門前停了下來。

一整片白色的房間內部隨即衝入她的眼簾。

擺設在裡頭的大量儀器已經移到左側牆邊。兩名護士與一名醫師站在中央的凝膠床周圍，守護著躺在上面的嬌小身影。他們三個人都穿著一般的白衣。

看見這種情形，明日奈便瞬間領悟到——一切都無法挽回了。他們只能在旁邊等待多年前就已註定的「那個時刻」降臨。

倉橋醫生抬起頭來，確認眼前的人是明日奈後，隨即伸出左手要她過去。明日奈拚命動著早已無力的雙腳踏入房間裡。

明明到凝膠床的距離只有短短幾公尺，她卻感覺無比遙遠。一步步接近冷酷現實的明日奈，終於站到凝膠床旁邊。

瘦削的少女躺在床上，白色床單整個蓋到脖子下方，而她單薄的胸口則微微上下起伏著。右上方的心電圖中，刻畫著微弱的綠色波形。

先前Medicuboid幾乎整個蓋住少女的頭部，如今其長方形筐體已被一分為二。少女耳線上方的筐體目前呈90度向後倒。它的內部凹陷成符合使用者頭部的樣子，包住沉睡少女的臉孔。

這還是明日奈頭一次在現實世界裡見到有紀。病榻上的少女不僅瘦弱得令人心疼，皮膚顏色也相當蒼白，但她的容貌卻有種神秘的美感。明日奈甚至認為，如果真有精靈，長相應該就是這個樣子了吧？

默默地凝視有紀一陣子之後，不知道何時已經站在她身邊的倉橋醫生低聲說：

「太好了……好險還來得及。」

難以接受這句「還來得及」的明日奈抬起頭看著醫生，但鏡片後理性的雙眸還是親切地回看明日奈。醫生這時再度說道：

「四十分鐘前，她的心臟曾一度停止。雖然在給藥與去顫電擊之後又恢復了脈搏，但下一次可能就……」

明日奈屏住氣息，由咬緊的牙關裡擠出聲音。然而，她卻無法說出有意義的完整句子。

「為什麼……為什麼……有紀她明明還……」

醫生再度點了點頭，然後才又輕輕搖了搖頭。

「——其實妳一月份來這裡時，她就隨時可能會碰上這種狀態了。由於ＨＩＶ消耗性症候群所引起的高燒及原發性中樞神經系統淋巴瘤的惡化，讓木棉季一直處於危篤狀態。但木棉季這三個月以來的奮鬥，可以說讓我們驚訝不已。她每天都在絕望的戰鬥裡不停地獲勝。她真的已經盡力了……不對——真要說起來……」

　這時，醫生講話的聲音首次出現了顫抖。

「對木棉季來講，這十五年的生命就是一場漫長的戰鬥。除了ＨＩＶ之外……她也一直抵抗著冷酷的現實世界。Medicuboid的臨床實驗，應該也給了她數不清的痛苦。但是……木棉季還是努力過來了。沒有她的協助，Medicuboid的實用化至少會晚個一年左右。所以現在——還是讓她好好休息吧……」

　明日奈聽著醫生的話，在心裡靜靜地對有紀說道：

　有紀——妳怎麼可能會輸呢？妳可是「絕劍」……那個能斬斷一切的無敵劍士啊。妳一定可以戰勝病魔與命運才對——

　就在這個時候。

　有紀的頭微微移動了。她單薄的眼瞼輕輕震動，然後稍微往上抬了一點。眼瞼下方原本應該已失去光芒而變成灰色的瞳孔，這時候竟然閃耀著清澈的亮光，並且直盯著明日奈看。

　幾乎與肌膚同色的嘴唇稍微動了一下。同時床單底下的纖細右手也開始顫抖，積著緩緩朝明日奈伸了出去。

　醫生以感觸良多的聲音說：

「明日奈小姐……請握住她的手吧。」

話還沒說完，明日奈馬上伸出雙手，包覆住有紀那骨瘦如柴的右手。那隻冰冷的右手像在冀求些什麼般，緊握著明日奈的手指。

瞬間，明日奈宛如獲得天啟般，了解到有紀究竟想要些什麼。

她握緊有紀的手，抬起頭對著醫生說：

「醫生……現在可以使用Medicuboid嗎？」

「嗯——只要打開電源就行……但是……木棉季她應該希望在機器外面……」

「不，有紀她希望可以再回到那個世界一次。我能夠了解她的心情。拜託你……請讓她使用Medicuboid吧！」

醫生盯著明日奈看了幾秒鐘，最後終於點頭同意她的要求。醫生對身邊的護士下達了幾個指示，接著握住Medicuboid側面的把手，悄悄地把上半部蓋回有紀頭上。

「啟動需要大概一分鐘左右……那妳呢？」

「我到隔壁去用AmuSphere！」

明日奈說著，又用力地握了一下有紀的手，然後將手放回這名瘦弱女孩的身旁。等等，我馬上就過去——這麼呢喃完，明日奈便轉身離開。

明日奈衝出無菌室，來到隔壁的觀察室。她打開深處的房門並跳上兩張椅子其中之一，拿起靠枕旁邊的AmuSphere戴在頭上。明日奈打開電源，等待程式啟動，但她的心早已經飛到那個地方去了。

在森林之家醒過來的亞絲娜，與之前由醫院裡登入時一樣，從寢室旁邊的窗戶跳出去後便全速朝主街區前進。在飛行當中的她一打開視窗，馬上就傳訊息給為了保險起見講好先登入的莉茲貝特與朱涅等人。

衝進轉移門的亞絲娜毫不猶豫地指定轉移到帕那雷賽。她一到達那個湖上都市，立刻又朝著湖水遠方的小島前進。當然，最終目的地就是兩人初次見面的那顆大樹下。

艾恩葛朗特此刻是黃昏時分。由外圍部分射進來的夕陽將湖水染成金色。亞絲娜就像被這條光帶所引導一般，筆直來到小島上空，然後急速降落在柔軟的草地上。

她不需要搜尋樹的周圍——有紀就站在兩人當時交手的地方。那天所發生的一切，似乎已經是很久以前的事了。帶有些微寒意的風晃動著那頭深紫色長髮，闇精靈族的少女就這樣緩緩回過頭來。

看見逐漸靠近的亞絲娜，有紀隨即露出微笑。而亞絲娜也同樣以笑容來回應她。

「——謝謝妳，亞絲娜。我忘了一件很重要的事。我有樣東西要給妳，所以無論如何都想在這裡跟妳見面。」

她的聲音跟過去一樣開朗，只是聽得出來有些顫抖。光是這樣站著說話，亞絲娜就感覺得出有紀已用盡了全身的力量。

不過，當亞絲娜走到有紀面前時，她也同樣以開朗的聲音這麼問道：

「要給我什麼？」

「嗯……我現在就製作出來。妳等一下。」

有紀笑了笑並且叫出視窗，開始簡短地操作了一下。消除視窗之後，她便用右手高聲拔出掛在腰部的劍。

有紀的黑曜石劍在紅色夕陽照耀之下發射出火焰般的紅色光芒。她隨即將劍移到正面，筆直地對準眼前的大樹樹幹，然後保持這樣的姿勢靜止了一陣子。彷彿是要把最後一絲力量集中在劍尖上一樣。

有紀的側臉似乎痛苦地略微扭曲。她的上半身雖然搖晃了一下，但張開的雙腳還是努力支撐住身體。

亞絲娜很想要她別再勉強下去，但還是決定咬緊嘴唇等待。忽然有一陣風吹過草原，當風停下的那一刻，有紀忽然開始動作。

「嘿呀！」

少女的右手隨著懾人喊聲揮出。劍尖以肉眼難見的速度從樹幹右上往左下留下五道突刺痕跡。拉回劍身之後，換成由左上往右下留下五道痕跡。突刺技每擊中一次，樹幹便會發出誇張的爆炸聲，整顆參天巨木也不停晃動。如果樹木不是無法毀壞的物體，早就斷成兩半了。

完成十發突刺技的有紀，再度用盡全身的力道將劍往後拉，並將最後一擊打在交叉點上。藍紫色的炫目光線頓時往四方炸開，腳邊的野草全部呈放射狀往後倒去。

即使狂亂的暴風已經靜止，將劍刺進樹幹裡的有紀仍舊保持原來的姿勢。

忽然，有個小小的紋章以劍尖為中心，迴轉著擴散開來，同時還有一張方形的羊皮紙由樹幹表面實體化。當發出藍色光芒的紋章轉移到紙上之後，羊皮紙便由底端往上捲了起來。

有紀將劍收回，完成的卷軸就這樣飄浮在空中。有紀緩緩伸出左手一把將它抓住。

少女右手中的劍掉到草地上，發出「喀沙」一聲。有紀的身體也晃了一下往後倒去，亞絲娜則急忙衝到她身邊撐住。她們兩個就這樣直接坐下，而亞絲娜也順勢用雙臂抱住有紀小小的身體。

有紀閉著眼睛，讓亞絲娜嚇了一跳，但那對眼瞼隨即緩緩睜開。有紀先露出平穩的笑容，然後呢喃般說道：

「真奇怪……明明沒有痛楚也不覺得難過，但就是沒有力氣……」

亞絲娜也報以微笑，接著開口說：

「沒關係，妳只是累了而已。稍微休息一下，馬上就會恢復了。」

「嗯……亞絲娜……這個，妳收下吧……是我的……ＯＳＳ……」

這聲音與剛才完全不同，除了斷斷續續之外還不停顫抖。有紀最後剩下來的器官——也就是意識所在之處的腦部——也已經快要筋疲力盡，這讓亞絲娜內心一片波濤洶湧。但她還是壓抑住自己的心情微笑著說：

「真的要給我嗎……？」

「嗯……」

「我希望……亞絲娜……能夠收下……來……打開視窗吧……」

亞絲娜揮動左手叫出視窗，打開ＯＳＳ設定畫面。有紀抬起顫抖的雙手，將握住的小卷軸放在視窗表面上。當卷軸隨光芒消失後，有紀便滿足地吁了口氣並放下左手。她輕輕一笑，氣若游絲地呢喃著：

「劍技的名稱……叫做『聖母聖詠』……我想它……一定能幫我……保護亞絲娜……」

亞絲娜聽到這句話，幾滴淚水終於落在有紀胸口上。但她還是帶著微笑以清晰的聲音說：

「謝謝妳，有紀——我答應妳，要是哪天得離開這個世界，我一定會把這套劍技傳授給其他人。妳的劍……將永遠流傳下去。」

「嗯……謝謝妳……」

有紀點了點頭。紫水晶色的雙眼也滲出發光的物體。

就在這個時候。好幾道震動聲——應該說是飛翔聲一起傳了過來，愈來愈近；而亞絲娜與有紀周圍，也不斷有靴子踩上草地的聲音。抬起臉一看，阿淳、提奇、達爾肯、小紀以及朱涅五人正爭先恐後地跑了過來。

他們在有紀身邊圍成半圓形後跪了下來。有紀環視眾人的臉龐，露出有些困擾的笑容。

「大家是怎麼了……惜別會……前陣子不是已經辦過了……約好……不能來送我最後一程的……不是嗎……」

「不是來送妳，是來給妳打氣的。如果會長在下個世界裡因為我們不在而一蹶不振，可是會讓人很困擾的！」

阿淳笑著這麼說道。他被赤銅護腕包覆的手一把抓起有紀的右手，繼續說道：

「妳可別到處亂晃，害我去的時候找不到人啊。我馬上就會去找妳了。」

「你在……胡說些什麼……太快來……我會生氣唷……」

用舌頭發出「嘖嘖」的聲音後，小紀也豪爽地說著：

「不行不行，要是我們不在的話，會長什麼事也辦不到。妳就乖乖在那裡等……等我們吧……」

小紀的臉忽然扭曲了起來，淚水不斷從碩大的黑眼珠裡滾出。接著她的喉嚨深處又發出兩、三聲無法壓抑的嗚咽。

「不行唷……小紀……約好不哭的不是嗎……」

笑著插話進來的朱涅臉上也帶著兩行清淚。已經不打算隱藏眼淚的達爾肯與提奇，也握緊了有紀的手。

有紀再度看了一次五個人的臉，然後淚中帶笑地對他們說：

「真拿你們沒辦法……我會在那裡……等你們的……你們慢慢來……沒關係……」

沉睡騎士六個人的手疊在一起，像是發誓要再會般用力點了點頭。當朱涅等人站起身時，馬上又有幾道新的振翅聲靠近。

出現的是桐人與結衣、莉茲貝特、莉法以及西莉卡等五人。大家一著地便衝來加入圍住有紀的行列，接著每個人都用力握了一下有紀的手。

亞絲娜懷抱著有紀，淚眼婆娑地看著這一切。忽然她注意到某件事——當桐人他們停下腳步後，依然從某處傳來細微的飛翔聲，而且聲音還不只一道。各種族的振翅聲重疊在一起，形成管風琴般的莊嚴回音。

亞絲娜、有紀、朱涅以及莉茲貝特等人全都抬頭看著天空。

他們見到一條粗大的緞帶由帕那雷賽方向一直延伸到這裡。

數十名玩家排成一列飛了過來。站在隊伍最前方的，是身上長衣不斷隨風飄蕩的風精靈領主朔夜，她背後則跟著身穿深淺不同綠衣的風精靈們。照這個人數看來，應該是目前所有登入的風精靈族都趕過來了。

不對——不只有主街區而已。連外圍的各個方向，都有許多緞帶朝著小島延伸過來。紅色緞帶代表火精靈族。而黃色應該是貓妖族吧。此外還有闇精靈、大地精靈、水精靈……等各種族領袖所率領的玩家集團，一直線朝著大樹聚集過來。總人數大約有五百……不，大概超過一千人吧。

在亞絲娜懷裡瞪大眼睛的有紀，發出了感嘆的聲音。

「哇……太壯觀了……竟然有這麼多精靈……」

亞絲娜微笑著對她說：

「抱歉，雖然有紀多半討厭這樣勞師動眾……是我拜託莉茲叫他們過來的。」

「我怎麼會……討厭呢……不過，怎麼會來這麼多人……像是在……作夢一樣……」

當有紀夾雜著喘息低語時，來到小島上空的劍士們不斷發出瀑布般的聲音往下降落。朔夜與亞麗莎等領主帶領的大集團在稍遠處圍著亞絲娜等人，接著便不斷單膝跪地並垂下頭去。這個不怎麼大的小島，瞬間就被無數玩家給填滿了。

亞絲娜凝視有紀的眼睛，試著想把胸中滿溢的思緒化為言語。

「因為……因為……」

眼淚再度滴下。

「有紀……妳曾是這個世界裡最強的劍士……而以後也不可能再有像妳這樣的劍士出現

了。我實在沒辦法讓妳孤零零離開……每個人、每個人都在為妳祈禱……希望有紀的新旅程，也能夠像在這裡一樣完美……」

「…………好高興……我真的……好高興……」

有紀抬起脖子，看著周圍的劍士們，然後再度將頭靠在亞絲娜的手臂上。

有紀閉上眼睛，單薄的胸脯深呼吸了幾次之後，再度用紫色的眼睛筆直看著亞絲娜。接著她又用力吸了一口氣，像是擠出最後一絲力氣般，以斷斷續續的聲音開始說道：

「我一直……一直在思考。一出生就得面對死亡的我……存在於這個世界上的意義，究竟是什麼……沒辦法在這世上創造出任何東西，也沒辦法給予別人什麼幫助……只能浪費無數的藥物與機械……只會給身邊的人添麻煩……我自己也很煩惱、很痛苦……如果最後還是要消失……那就讓我立刻消失吧……我好幾次都有過這樣的想法……一直覺得……我為什麼要出生到這個世界上來呢……」

有紀殘存的最後一點生命力正不斷地流逝。亞絲娜懷裡的嬌小身軀，似乎一點一點地變輕、變透明。有紀的聲音愈來愈細，好像馬上就要中斷一般，但從來沒有任何言語能夠像這樣烙印在亞絲娜靈魂深處。

「但是……但是呢……我感覺自己終於找到答案了……就算……沒有意義也沒關係……只要活著……就夠了……因為……在最後的瞬間……竟然能夠感到……如此充實……有這麼多

人……圍著我……還能躺在……最喜歡的人懷裡……迎接旅程的終點…………」

有紀的話隨著簡短喘息停了下來。她的雙眼似乎已經穿透亞絲娜，望向某個遙遠的地方。難道，她正看著真正的異世界——也就是英雄的靈魂歸宿、真正的精靈島嶼嗎？

亞絲娜已經無法抑制掉落的眼淚。滴落的水珠不斷在有紀胸口變成光粒並散開。但她的嘴角卻自然地露出笑容。亞絲娜用力點了點頭，對有紀說出最後一句話。

「我……我一定會再次和妳相遇。就算是在其他地方、其他世界，我都會再次遇見妳……那個時候，妳一定要告訴我……在那裡發現了些什麼唷……」

有紀的紫色眼睛瞬間對上了亞絲娜的視線。她的眼睛深處，瞬間閃過與亞絲娜初次相遇時同樣充滿無限活力與勇氣的光輝。光芒隨即幻化成兩滴眼淚溢出，順著有紀的蒼白臉頰往下滑落，最後變成光點消失不見。

她微微動著嘴唇，做出了微笑的嘴型。這時，有個聲音直接傳進了亞絲娜的意識裡。

我努力地活過了……在這裡活過了……

宛如最後一片冰晶掉落在潔白無垢的雪原般，「絕劍」有紀就此閉上了眼睛。

制服右肩上的輕微觸感，令明日奈將視線移了過去——原來是一片粉紅色花瓣黏在上面。

少女以左手指尖輕輕拈起花瓣放在掌上。沒有任何髒污的漂亮橢圓，就像要表示些什麼般不停地擺動；最後它隨著來訪的微風飄起，消失於同樣飛舞空中的眾多白點裡。將雙手放回膝蓋上後，明日奈便再度看著朦朧的春季天空。

12

現在是四月的第一個禮拜六，下午三點鐘。

有紀在一個禮拜前離開人間，她的告別式剛剛才結束。告別式會場位於橫濱市保土谷區丘陵地帶某間被櫻花樹包圍的基督教教會，而一齊開始掉落的花瓣，也像是要目送有紀離開一般——但告別式本身卻與「莊嚴肅穆」這種刻板印象有極大的差別。包含擔任喪主的姑姑在內，有紀的親戚只有四個人參加喪禮，卻出現了超過一百個自稱是有紀朋友的年輕人前來觀禮。當然，這群十來歲或二十來歲的人全都是ＡＬＯ的玩家。在櫃檯接受觀禮者簽名的親戚，可能認為住院超過三年才離開人世的有紀沒什麼朋友吧，來了那麼多人似乎讓他嚇一大跳。

喪禮結束後，眾人都在教會廣大前院裡三五成群地討論「絕劍」的事蹟。但不知為何，明日奈就是沒辦法加入人群當中，悄悄離開的她在禮拜堂陰暗處找到一張板凳，一個人坐在上頭看著天空。

有紀已經離開了這個世界——透過肩膀上的探測器發出歡呼聲、在森林之家看見亞絲娜的料理便滿臉笑容的有紀，已經旅行到很遠的世界去，再也不會回來了。到現在，明日奈還是無法接受這個事實。雖然少女已不再哭泣，但在嘈雜的人群中或咖啡廳的角落，又或者是在阿爾普海姆的風中，她都曾好幾次以為自己聽見有紀的聲音而心跳加速。

這幾天，明日奈時常在想「生命」究竟是什麼東西。

所有的生命其實都是基因的搬運裝置，只是為了增加讓自身血緣殘留下來的機會而存在——幾十年前，這種說法似乎曾在坊間造成轟動。若以這個觀點來看，那就連長時間讓有紀如此痛苦的ＨＩＶ、人類免疫缺乏病毒之類的東西，也算是純粹的生命吧。但這些病毒只會不斷進行增殖、複製，最後更奪走宿主有紀的生命，同時也造成了自己的死亡。

換個角度想，人類幾千年來也不斷做著同樣的事情。為了自身利益可以奪取許多人的生命，為了保障自己國家的安全可以犧牲其他複數的國家。就連現在抬頭望向天空，也能看見不知由厚木基地飛往何方的戰鬥機編隊，在春霞彼端拖著白色的飛機雲。人類是不是也有一天會跟病毒一樣，完全破壞自己生存的世界呢？還是說，可能會在跟別種擁有高智能的生物進行生存競爭時敗陣而遭到驅逐呢……？

有紀最後留下來的遺言，至今還迴盪在明日奈耳邊。她說自己沒有辦法在這世上創造出任何東西，也沒辦法給予別人什麼幫助——有紀確實沒留下自己的基因便離開了這個世界。

不過……明日奈內心思緒盤旋，同時悄悄摸了一下制服的蝴蝶結。有紀確實透過瞬間的接觸，在她心底深處留下難以抹滅的痕跡。「絕劍」的靈魂、以及那勇敢挑戰巨大困難的英姿，都還活在明日奈心中。今天來到會場的一百多名年輕人，應該也跟明日奈有同樣想法才對。就算記憶隨著時間而淡去，就算回憶逐漸結晶，必定還是會有東西留在大家的心裡。

這麼一來，生命就不只是由四種鹼基所傳遞的遺傳情報，它也可以是承載沒有實體的記憶、精神、靈魂的容器。在遙遠的未來，如果人類真能在模因（註：典出理察·道金斯《自私的基因》一書，與生物遺傳的單位——基因相對，為文化資訊的傳承單位）或者大腦模仿病毒那種曖昧的概念之外，創造出能真正完整記錄精神的媒體，那麼人類這種不完全的生命才有可能藉此來防止自身的毀滅吧——

在那天到來之前，我要用自己能辦到的方法把有紀的心靈傳遞下去。等哪一天我有了孩子，我也會不斷向他們講述這段事蹟，讓他們知道在現實與假想世界的縫隙當中，有過這麼一個奇蹟般的嬌小女子曾經散發出炫目光輝。

明日奈在心中這麼對自己說道，然後靜靜睜開不知何時閉上的眼睛。

她發現一道人影由前庭轉過建築物的角落走近。於是急忙用指尖拭去眼角滲出的水滴。

那人是一名女性。雖然明日奈覺得似乎在哪裡見過對方，卻對那張臉沒有任何印象。那位女性身材略高，穿著一件設計簡單的黑色連身裙並罩著披肩。她有一頭及肩的黑色秀髮，胸前的銀項鍊則是身上唯一的裝飾品，年紀看起來大約二十多歲。

女性筆直朝明日奈走過來，最後在她身前稍遠處停步並且點頭行了個禮，明日奈也慌忙起身回禮。抬起臉來之後，女性那近似透明的白皙肌膚立刻映入眼簾。那種沒有血色的白，讓明日奈想起過去剛從長眠當中醒過來的自己。仔細一看便能發覺，女性露在披肩外面的脖子與手腕纖細得似乎一碰就會折斷。

對方無言地凝視著明日奈的臉好一陣子，接著那對棗形的漂亮眼睛便露出溫柔的眼神，嘴角也同時浮現淡淡的微笑。

「明日奈小姐對吧。妳跟虛擬世界裡長得一模一樣。我一看就知道了。」

一聽見那平穩又充滿智慧的聲音，明日奈立刻猜到眼前的女性是何許人。

「啊……妳難道是朱涅嗎……？」

「嗯嗯，是啊。我的本名叫做安施恩。初次見面……同時也好久不見了。」

「我、我是結城明日奈。請多指教！有一個禮拜沒見了吧。」

打過有些矛盾的招呼後，兩人便嘻嘻笑了起來。明日奈以左手示意施恩坐在板凳上，接著自己也坐到她身邊。

這時，明日奈才注意到某件事情——沉睡騎士的所有成員，應該都罹患了難治之症，而且都是需要臨終關懷的病人。這樣自己一個人到外面來，真的不要緊嗎……？

施恩隨即察覺明日奈的擔心，她微微點頭之後才開口說：

「不要緊的，今年四月我終於得到了外出的許可。我哥哥也陪我一起來了，不過我要他先在外面等我。」

「……那麼……妳的身體已經……？」

「是的……我得的是急性淋巴性白血病……是在三年前發病的。接受化療之後曾經一度好轉……換言之身體裡的白血病細胞算是消失了，但去年又再度發病……再度發病後，醫生表示有效的治療方法就只剩骨髓移植了。但是家人的白血球抗原組織都無法與我相配……而骨髓銀行裡也找不到適合我的捐髓者。我早已做好心理準備，決定好好把握剩下的時間……」

施恩頓了一下，看向頭上的櫻花。一陣小小旋風捲起無數花瓣，讓它們像雪片般飛舞。

「——再次病發後，若是沒辦法進行骨髓移植，就會配合各種藥物實施挽救性化療來達到緩解的目標。但因為積極使用許多新藥與臨床試驗中的藥，所以副作用也相當嚴重……由於實在太辛苦了，讓我有過好幾次放棄的念頭。我曾多次對主治醫生說『如果沒有希望，就幫我換成能好好度過最後一點時間的治療法吧』……」

明日奈突然注意到，施恩隨著櫻花飛舞的頭髮其實是假髮。

「但是……每次跟有紀見面後，我就會有不能輕易放棄的念頭。有紀在同樣痛苦的情況下已經奮鬥了十五年，比她年長的我怎麼能因為短短三年的治療就自暴自棄呢？我一直是這麼告訴自己的——不過呢，今年二月起使用的藥量慢慢減少……醫生也告訴我數值改善了許多，但我心裡卻認為這一刻終於到了。他們已經幫我出挽救性化療換成重視生活品質的療法了。我當時真的很害怕……卻也感到有些安心。我知道有紀的狀況，所以覺得……如果和有紀在一起，就算到另一個世界去也無所謂。因為不論到哪裡，她都會保護我……很好笑對吧？有紀明明比我小，我卻這麼依賴她……」

「不會……我能了解。」

明日奈簡短回答完後便點了點頭。而施恩也微笑著頷首並說下去：

「——結果……一個禮拜前，也就是跟有紀分別的隔天。醫生來到我的病房……說我已經完全康復……也就是白血病細胞完全消失，我可以出院了。我當時還想他究竟在胡說些什麼，該不會是要讓我回去和家人短暫相聚並道別吧？我就這麼左思右想……在一片混亂中，兩天後居然真的出院了，而我則是到昨天才開始覺得自己的病或許真的好了。聽說是某種臨床試驗中的藥物發揮了很大的效果……」

施恩又停了一下，笑中帶淚的表情扭曲在一起。

「不過，我還是有種好不切實際的感覺。忽然給了我早已認為會失去的時間，也只是造成我的困擾而已。而且……而且這對有紀……」

她的聲音中帶有些微顫抖。當明日奈注意到施恩眼角浮現小小的淚珠時，自己內心也不禁難過了起來。

「有紀明明在等待，卻只有我一個人還留在這裡，真的可以嗎……明明已經跟有紀、藍小姐、克羅畢斯以及梅利達約好……要永遠在一起……我卻……我卻……」

施恩再也說不下去。她低下頭，肩膀不停顫抖。

藍小姐應該是公會的第一任會長，也就是有紀的姊姊。而其他兩人應該是已過世的沉睡騎士成員吧。沉睡騎士的成員們，可以說一起經歷了世上所有逆境當中最為痛苦的遭遇，由這些經歷所發展出來的羈絆，在某種程度上來說或許比家人與戀人還要牢靠。明日奈雖然覺得自己實在沒資格對她說些什麼，但還是忍不住要開口。

她伸出左手，靜靜包住施恩放在板凳上的右手。施恩的手指雖然瘦削，但確實讓明日奈的手掌感到一股暖意。

「施恩小姐。我……最近時常在想……生命應該是能夠承載並且傳達心靈的東西。我長時間以來，都害怕把自己的心意傳達給別人，也不敢去探求別人的心意。但有紀告訴了我，這根本沒有什麼好膽怯的。我想把學自有紀身上的堅強，傳達給更多人。我希望能在自己還可以活動時，把有紀的心靈散播到更遠的地方去。然後……等我再度與有紀相遇時，希望能夠回饋給她更多的心意。」

雖然有些斷斷續續，但明日奈還是努力講出這些話來。雖然覺得還有一大半的心意沒表達出來，但低著頭的施恩緩緩地、深深地頷首，接著將另一隻手放在明日奈的左手上。

施恩抬起臉，那雙漂亮的漆黑眼睛雖然沾著淚水，但嘴角已經浮現了微笑。

「謝謝妳……明日奈小姐。」

才剛低聲說完，施恩便伸手抱住了明日奈。而明日奈也緊緊回抱著她纖細的身軀。施恩接著在明日奈耳邊呢喃著：

「我們都很感謝明日奈小姐。自從有紀的姊姊藍小姐過世之後，有紀便努力代替她姊姊給我們鼓勵與支持。而我們也過於依賴她……無論是在痛苦或是挫折時，都靠有紀分出自己的力量來支援我們。或許妳會覺得現在說這些沒什麼用……但我當時的確很擔心有紀。我一直在想，要由誰來支持有紀的心靈呢？雖然她總是面帶笑容，從來沒有露出討厭的表情過……但是我很擔心，有一天嬌小的她會因為背負太多重量而崩潰……就在這時候——妳出現了。跟明日奈小姐在一起時的有紀，看起來確實很開心，她看起來是那麼地自然，簡直像隻終於想起怎麼飛翔的小鳥一樣。她似乎能就這麼高高飛上天際……飛到我們到不了的地方……然後就這樣離開我們……」

施恩說到這裡便停了好一陣子。而明日奈心裡的螢幕上，也閃過有紀變成小鳥在異世界高空飛舞的影像。

施恩將身體移開，有些不好意思地笑了笑。她用指尖悄悄地拭去淚滴。然後吸了一口氣，以清晰的聲音繼續說：

「——其實不只有我而已。小淳……原本也罹患難治的癌症，但最近開始使用的藥物發揮了很大的療效，聽說腫瘤已經變小了。簡直就像有紀在對我們兩個說『現在過來還太早了』一樣。看來得過上很長一段時間，沉睡騎士才能夠再次全員到齊了。」

「……是啊。下一次，你們一定要讓我當正式的成員喔。」

明日奈與施恩互看了一下對方的臉，接著同時「呵呵」笑了起來，一起抬頭看著粉紅色的朦朧天空。平穩的微風從後方吹過，搖動她們的髮梢。明日奈想像著有紀輕輕擁抱了一下兩人的肩膀，然後才振翅往高空飛去的影像，接著又再度靜靜閉上眼睛。

就這樣過了好幾分鐘。兩道往這邊靠近的新腳步聲結束了靜謐的沉默。她們將臉移回前方後，看見與明日奈穿著同樣制服的少年——桐谷和人以及穿著黑色禮服的倉橋醫生走來。

明日奈與施恩同時起身，對面前這兩人點頭打招呼。而對方也同樣點了點頭，接著和人便看著明日奈說：

「原來妳在這裡啊。打擾到妳們了嗎？」

「沒有。但是……咦？桐人你認識倉橋醫生嗎？」

「嗯……最近才認識的。因為那個通信探測器的關係，我們一直有用電子郵件聯絡。」

倉橋醫生也跟著插嘴：

「是啊，那台攝影機很有意思，所以我跟他討論能否應用於醫療用完全潛行技術上。」

「原來是這樣啊。那個……這麼說來……」

明日奈忽然想起某件事，於是對醫生問道：

「Medicuboid的測試現在怎麼樣了？有人繼承那台螢幕嗎……？」

一聽到這裡，醫生馬上笑了笑並且用力點著頭說：

「啊，沒有，其實測試已經取得相當足夠的數據了。為了今後實際的商品化，已經在跟製造商進行協議。說不定安小姐和其他人很快就能夠使用Medicuboid了……」

這句話後半段是對施恩所說，但話說到這裡時，倉橋醫生便瞪大了眼睛並且急忙說：

「哎呀，真抱歉。應該一開始就跟妳說才對——安小姐，恭喜妳出院。我想木棉季她……一定會很高興才對……」

施恩緊緊回握醫生伸出來的手，接著用力點著頭。然後，她也和已經在遊戲裡變成好友的和人握手。

「謝謝。我可能已經不需要使用Medicuboid了……但是一想到有紀留下來的數據可以造福許多正與病魔搏鬥的人……我就覺得很高興。」

施恩說完之後，醫生也不斷點著頭。

「是啊。身為那台機器的首位測試者，木棉季的名字將會永遠流傳下去——我實在很想頒個獎給她與初期設計的外來提供者呢……」

「我想，有紀她應該不會想領獎才對。她可能會說『獎品又不能吃』。」

施恩的話讓大家都笑了起來。當平穩的笑聲停止時，明日奈才注意到倉橋醫生話裡的部分內容，於是她重複了一遍：

「那個……醫生，你剛才說初期設計的外來提供者是……？設計Medicuboid的不是醫療儀器製造公司嗎？」

「啊啊……這個嘛……」

醫生像在搜尋自己的記憶般瞇起了眼睛。

「當然，試驗機是儀器製造商所製沒錯，但可以說是儀器心臟的超高密度信號元件的基礎設計，是由外界人士免費提供的。我記得那人也是女性……應該是一名國外大學的研究者。不過她是日本人……嗯……名字叫……」

倉橋醫生接下來所說的名字，明日奈完全沒有聽過，施恩應該也是一樣。但和人臉上露出的表情，卻讓明日奈不由得屏住了呼吸。

和人像是聽見什麼難以置信的事情般，眼神變得十分空洞。他失去血色的嘴唇微微地顫抖了兩三次。

「桐、桐人……你怎麼了？」

明日奈急忙出聲，但和人只是保持沉默。過了一會兒，他的嘴唇裡才發出沙啞的聲音。

「我……認識那個人。」

「咦……？」

「而且也見過那個人……」

和人瞬間看了一下明日奈的眼睛。他黑色的眼珠像是穿透了時空一樣，現出正在看著某個異世界的目光。

「希茲克利夫潛行時……就是那個人在照顧他。他們兩個人在大學的同一間研究室裡研究完全潛行技術……也就是說，Medicuboid基礎設計的真正提供者是……」

「…………」

這下子連明日奈也說不出話來了。

這表示——Medicuboid跟「The seed連結體」一樣，都是那個人播種後萌發的幼苗嗎？

施恩與倉橋醫生雖然都歪著頭露出一臉疑惑的表情，但和人卻沒辦法回答他們的問題。他只能以茫然的視線追著不斷通過眼前的櫻花花瓣。

突然，明日奈感覺到有一股龐大的時間洪流經過。

這個名為「現實」的世界，說穿了也只不過是眾多事相之一。

除此之外，還有將世界像無數花瓣聚集起來所形成的高位構造存在。

而現在，一股包圍所有世界並不斷向前流動的巨大力量，正慢慢現出它的形狀——

明日奈用雙臂緊抱住自己的身體。這時一股強勁的風吹起，將飄浮在周圍的花瓣帶往遙遠的天空去。

（全文完）

後記

我是川原礫。謝謝您閱讀這本《Sword Art Online刀劍神域7聖母聖詠篇》。（以下提及許多與本篇有關的內容，敬請注意！）

在我開始認真寫小說之前，差不多將近十年前吧，我認識了一名職業小說家並與他成為知交好友，而我也曾數度跟他討論過自己的創作。

直到現在，我還是相當感謝他所給予的諸多金玉良言，而裡面最讓我印象最深刻的一句話是「就算是小說，只要寫到關於人類的不幸時，就必須仔細考慮自己為什麼要寫這段文字」。

我其實有「以故事的發展為最優先而忽略了事物現實層面上的可能性」這種難以改正的缺點（也可以說擅長投機取巧……）。總之，為了給角色的性質與動機有個方向，我通常都會讓他們遭遇很大的不幸。舉例來說，關於ＳＡＯ系列的主角桐人從小就遇上事故而失去了親生父母的設定，我在整個系列裡完全沒有提過這個事故的詳情。也就是說，我為了製作桐人遠離他人的理由，就忽略了發生交通事故的或然率而直接殺害了桐人雙親這兩個角色（收錄在第２集《紅鼻子麋鹿》短篇裡的女主角．幸可能也是這樣）。

當然我也知道自己在創作上有這麼一個壞習慣，所以為了第7集的出版而進行修改時，我多少感到有些煩惱。雖說有「ＶＲ技術與醫療」這個主題，但本作的女主角有紀真的非死不可嗎？是不是可以有另一種結局呢？這樣的結尾，是否只為了煽動讀者的情緒而寫呢？

但我在煩惱的同時，也發現自己只能寫出這樣的故事。雖說聽起來只是藉口，但是我「輕視角色不幸」的壞習慣，也是作品的一部分。因此我所能做的，就只有盡可能深切地去替那些在我作品中遭遇不幸的角色們（包含反派在內）著想。當然，如果讀者們也能稍微想像有紀十五年的人生、想像有紀究竟給亞絲娜他們帶來什麼樣的影響，那麼本人便感激不盡。

才剛過完年就因為我錯綜複雜的工作進度而感到相當困擾的責任編輯三木先生，以及本集裡也畫了許多新角色插畫的ａｂｅｃ老師，當然還有閱讀本書的各位讀者，二〇一一年也請你們多多指教！謝謝大家的支持！

二〇一一年一月二十七日　川原　礫

加速世界
07
災禍之鎧
Accel World
川原 礫
插畫／HIMA
Kadokawa Fantastic Novels

國家圖書館出版品預行編目資料

Sword Art Online刀劍神域. 7, 聖母聖詠 /
川原礫作 ; 周庭旭譯. —— 初版. —— 臺北市 :
臺灣國際角川, 2011.10— 冊 ; 公分
——(Kadokawa fantastic novels) ——

譯自：ソードアート・オンライン 7
マザーズ・ロザリオ
ISBN 978-986-287-405-9（平裝）

861.57 100017728

Kadokawa Fantastic Novels

Sword Art Online刀劍神域 7
聖母聖詠

（原著名：ソードアート・オンライン7 マザーズ・ロザリオ）

2011年10月31日 初版第1刷發行
2019年10月4日 初版第23刷發行

作　者：川原 礫
插　畫：abec
日版設計：BEE-PEE
譯　者：周庭旭

發行人：岩崎剛人
總經理：楊淑媄
資深總監：許嘉鴻
總編輯：蔡佩芬
主　編：朱哲成
美術設計：胡芳銘
印　務：李明修（主任）、張加恩（主任）、張凱棋

發行所：台灣角川股份有限公司
地　址：105台北市光復北路11巷44號5樓
電　話：（02）2747-2433
傳　真：（02）2747-2558
網　址：http://www.kadokawa.com.tw
劃撥帳戶：台灣角川股份有限公司
劃撥帳號：19437412
法律顧問：有澤法律事務所
製　版：尚騰印刷事業有限公司
ＩＳＢＮ：978-986-287-405-9